エデンの浜辺

楽園の恋と狂った果実

The Beach of Eden.

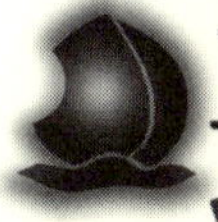

重久俊夫

明窓出版

contents

目次

ぼくが夢の中で胡蝶になったのか、胡蝶が夢の中でぼくになっているのか、
ぼくには分からなかった。

荘周

第一幕

シーンA

エデンの浜　7時15分の海

1

夏休みになった最初の朝、女子用コテージの大きな窓から差し込むまぶしい光で私は目覚めた。窓の外に広がるコバルトブルーの海に目をやると、穏やかにうねる波がいくつも筋をなして、渚に向かって来るのが見えた。

シーツを押しのけてベッドの上に起き上がり、海をながめながら思い切り両手を伸ばした。足首から手首までぴったりと全身を包む黒いラバースーツに締めつけられて、肌にこもった自分の体温が、軽く汗ばむほど温かかった。夏休みになったからには、これから何週間も、ダンスのことだけを考えて過ごせる。「プンダリーカ・スートラ」を踊る時に着るラバースーツのまま寝たのも、その喜びの表れだった。

ベッドから降りて、テーブルに置いたままのドリンクの残りを飲み干し、最近長く伸ばし始めた髪に念入りにブラシを当てた。それから、ダンスの時につける赤い髪飾りを頭につけ、銀のベルトを服の上から腰に巻いた。そして、黒トカゲのような服と同じ黒いブーツをはき、満ち足りた気持ちでコテージの外に出て、すぐそこの水際まで砂浜を歩いた。

冷たい海の水で足首を濡らしてから、パウダー状の砂の上に足を組んで坐った。そのまま潮風に吹かれて、波の音に耳を憩わせた。

夏の朝、7時15分の海は、いつ来ても本当にすばらしい。海も空も輝くように鮮明だが、早朝特有のはりつめた冷たさが大気に満ちていて、朝のけだるさをふきとばしてくれる。何もかもが生ぬるくなる前に、この空気を思う存分味わっておきたかった。朝食を食べるのはその後でもいい。それでも、海風の中でじっとしていると、風は次第に肌寒くなり、私は胸のファスナーを引き上げてラバースーツの襟元を引き締めた。

サマースクールで合宿していた昨日までは、もう遠い昔のようだった。一緒に勉強した友だちが、今どこで、どうしているのか、今日はまるで気にもならない。それどころか、次に会うまで、誰もこの世に存在していないような気さえしてくる。

そんな気持ちでもう一度ゆっくり深呼吸をして、砂の上に仰向けに横たわった。

「夏休みはどうやって過ごしたいの？」

サマースクールの途中でヒルメさんから聞かれた時に、「海の見えるコテージで、ダンスの練習をしながら一人だけで暮らしたい」とリクエストしたのは正解だったと思う。いつものことながら、ヒルメさんは私の希望通りの場所をすぐに手配してくれた。

「ナミちゃんは一人でいるのがホントに好きなのね」

いつだったか、ヒルメさんは私のことをそういった。確かにその通りだったから、私もだまってうなずいたけど、ヒルメさんはあわてて付け加えた。

「ナミちゃんはそれでいいのよ。みんな、それぞれ個性があるんだから、他の人とは少しずつ違っていて当然だわ」

実際、私は、自分から進んで人と付き合うことがあまりない。幼児期のことはまるで覚えていないし、物心ついたころには、ヒルメさんとかナシメ君とか、何人かの人がいつも私の世話をしてくれていて、いろんなことを教えてくれた。


私たちの住んでいる島が「エデン」と呼ばれることも、ヒルメさんから聞いた。それから、六千年前に滅んだ「サハー」のことも彼女が最初に教えてくれた。サハーはエデンよりもずっと大きく、人の数も多いにぎやかな国だったそうだ。それは、私たちの先祖の国といわれることもあって、エデンの言葉も服装も習慣も、サハーのものがそのまま残っているらしい。サハーの人々の暮らしぶりは、記録や映像がたくさん残っており、学校でも詳しく教わった。それでも、サハーとエデンがどう繋がるのか、サハーはなぜ六千年前に滅びたのか、詳しいことはまるで分かっていない。ある説によれば、六千年前に宇宙がシャボン玉のように二つに分かれて、サハーとエデンはお互いに行き来ができなくなったらしいが、それもあくまで一つの仮説だそうだ。

私はずっと以前、サハーについてすごく興味を持ったことがあった。けれども、それをヒルメさんにいうと、ヒルメさんはあまり賛成しない様子で、私にいった。

「古い歴史のことはよく分からないわね。ナミちゃんはそういう難しいことを考えるよりも、歌とかドラマとか、もっと楽しいことを勉強した方がいいんじゃないかしら」

それからヒルメさんは私をダンススタジオに連れていってくれて、おかげで、私は今に至るまでダンスにのめり込んでいる。

サハーについてもう一つ、不思議なことを教えてくれたのはヒルメさんだったかナシメ君だったか、今ではよく覚えていない。でも、それはこんな話だった。

「サハーはとても文化の発達した国だったけど、みんな性格がきびしくて、争ったり裏切ったり、つらい思いばかりしていたんだよ。それがサハーの滅んだ原因かもしれない。それに比べれば、ぼくらはエデンに生まれて、とってもラッキーなんだ」

みんながつらい思いばかりしている国っていったいどんな国なんだろう。私はそう思いながら、いいようのない無気味な不安と好奇心を覚えたものだ。

2

そんな、呑気で一人遊びの好きな私だが、心から会いたいと切ないほど思う人が、この世に少なくとも一人いる。それが、幼なじみのナギ君だ。幼なじみといっても、いつ、どこで、どうやって知り合ったのかは全く覚えがない。

はっきり覚えているのは、海岸の大きな木の周りを二人で笑いながら走り回ったこと、それと、そんなことが何度もあったということ。

ナギ君の後ろを走った私が、必死で走ってやっと彼をつかまえて、叫んだ。

「ナギ君、かっこいい！」

彼は、にっこりふりかえって言った。

「先に言っちゃダメだよ。もう一度やり直しだ」

それからもう一度、今度はナギ君が私の後ろを走って、私をつかまえた。

「ナミはかわいい！　ナミが大好きだ」

二人は大声で笑いながら、いつまでも抱き合った。

そんな大好きなナギ君だったが、ある時、いなくなってしまった。私が途方に暮れていると、あわててヒルメさんがやってきて説明してくれた。

「ナギ君は、第二エデンに移ったのよ。第二エデンはここことは別の楽園で、ここよりもっと快適な所だといわれてるわ。みんな必ず何かのきっかけで、突然、第二エデンに瞬間移動するのよ。その時がいつ来るかは分からないけど、いつかは必ず来るから、ナミちゃんもそうなったら、またナギ君に会えるわね」

　私が悲しそうにしているのを見て、ヒルメさんは付け加えた。

「私たちのいるエデンから第二エデンに連絡することはできないけど、第二エデンにいる人は、時たまエデンを見ることができるらしいわ。ちょうどこの世界を上から覗き込むようにして、私たちの様子を見てるのね。だから、ナギ君もきっと、ナミちゃんのことを早く来ないかなって思って見ていると思うわ」

　第二エデンというのはその時初めて聞いたし、第三エデンとか第四エデンがあるのかどうかも分からなかったが、とにかく、ナギ君が元気に生きているらしいということで、私は一応納得した。それにしても、ヒルメさんは本当に物知りだからいつも感心させられる。彼女は今日の午後も、コテージを訪ねてくれることになっていた。その時に、「プンダリーカ・スートラ」の新しいビデオと食べ物を持ってきてくれる約束だった。

3

「プンダリーカ・スートラ」は、サハーの、ある女性画家が描いたテンペラ画の連作をもとにして、エデンのアーティストが最近創作した水中ダンスだ。もとの絵は、六千年以上前のものだけど、映像遺物として残っている写真を何枚も見たことがある。

水の上に大きなハスの花がたくさん咲いていて、その花の蔭に隠れるようにして、二人の人物が泳いだり水浴びをしたりしている。絵の中では必ず二人とも若い女性で、濡れたブルーのジーンズと肌に張りつくシャツを着ているが、ダンスの場合は、男女ペアで、黒か紺のラバースーツにぴったり全身を包むことが多い。水とハスの花と濡れた体が原始の生命力を象徴するらしいが、難しいことは私には分からない。水中で踊るのは初めてだから、夏休み中にビデオを見て練習し、休み明けにパートナーの男の子とスタジオで合流することになっていた。

私は、ダンスの流れを頭の中で整理すると、元気よく立ち上がってそのままゆっくり海に入った。腰まで水につかり、「プンダリーカ・スートラ」の細やかな手と指の動き、それから、足と腰の動きを練習した。

そして、ラバースーツの胸元を大きく開いて、一気に首まで水につかった。冷たい水が全身の肌に浸透して、私は一瞬うっとりとなった。

その時だった。またあの不思議な妄想が意識の中に湧き起こったのは。信じられないような不思議な妄想だったが、しばらくの間、心にまとわりついて離れなかった。こんなことを考えるなんて、私は本当は悪い娘なんだろうか。ヒルメさんやナシメ君にはとても話す気になれないが、それでも、コテージに戻ったら、とりあえずノートにはメモしておこうと私は思った。

第一幕

シーンB

喫茶エデン　ある苦学生の青春

1

ようやく春めいてきたそよ風を肌に感じながら、まだぼんやりした気分のまま、私は周囲を見渡した。下宿からほど近い、何度か来たことのある商店街だが、人影がまばらなわりには道幅が異様に広く、高いアーケードに覆われていて、まるで別世界にさまよいこんだような不思議な空間だった。雑然と並ぶ大衆食堂や古本屋やゲームセンターをながめてゆっくり歩いてゆくと、少しずつ気分がなごやかになった。

長い商店街は車の行き交う大通りと交わって途切れていた。右折して大通り沿いに少し行くと、今日の目的地の喫茶店がそこにあるはずだった。その店はすぐに見つかったが、小さなドアは鬱蒼と茂る木に隠れていて、「喫茶エデン」という立て札がなければ通りすぎていたかもしれなかった。ドアの把手に目をやると、「貸切り・アイヴォリータワー御一行様」という横長のプレートがぶらさがっていた。「アイヴォリータワー」は私の大学のSF同好会の名前だ。マイナーな趣味にのめり込んだ学生の集団にはピッタリの名前だが、そんなわけのわからないグループに女子学生の自分が参加することになろうとは、数時間前まで想像もできなかった。

大学に入って二年目になろうとする私が、いわゆる「苦学生」なのかどうかは微妙なところだと思う。それでも、親元を離れて下宿しながら、アルバイトを欠かしたことがないのも事実だった。半年つとめたアイスクリーム屋が閉店になって新しいアルバイト先を探していた時、下宿の近くのスナックの「ホステス募集」に目をつけたのは、歩いて帰れることと時給がいいこと、それから、歌手として店で歌えることが魅力だったからだ。

カンツォーネが大好きな私は喜んでホステスになったが、子どものころに音痴だといわれたことがあるのを思い出したのは、その後のことだった。私が歌を歌うと、ある紳士は「後でぼくが歌唱指導をしてあげよう」とやさしく哀れみの言葉をかけ、別のお客は「歌がかわいそうだ」といって涙を流した。

それでも私はくじけず、昨日の夜も、ケ・サラとストーリア・ダモーレを心をこめて歌った。運が悪かったのは、かなりおミキの入ったお客ばかりだったことで、怒った彼らはボトル一本分のブランデーを私のワンピースの襟と胸に流し込み、氷のつまった容器の水を頭からぶちまけた。私はただ呆然としてされるままになっていたが、気がつくと、声をあげて泣いていた。両手で顔を覆いながら店から逃げ出した。

運命的な出会いを経験したのは、まさに扉を開けて外に出た瞬間だった。そこで、ばったり隆《たか》志《し》と出会ったのだ。

その日の昼間、私は友達の綾香《あやか》さんに誘われて、彼女が親しくしているSF同好会「アイヴォリータワー」の面々と学食でお茶を楽しんだ。メンバーの一人である隆志はテーブルをはさんですぐ向かい側にいたが、特に親しく話をしたわけではなかった。それでも、スナックの前の暗がりで出会った瞬間、私も隆志も、お互いの顔と名前を完全に思い出し、長年の友達のような親しみを感じた。

隆志は、泣いている私を見て、何があったのかを一瞬で悟った。

「酔っぱらいども、ブチのめしてやる！」

逆上して、スナックの扉に突進しようとした隆志の腕にしがみついて、私は必死で引き止めた。

「やめて！」

彼は、ＳＦマニアでありながらボディービルのサークルにも入っていて、中肉中背のハガネのような筋肉質の体をしていた。店に乱入すれば大変なことになることは目に見えていたし、自分のせいで何もかもメチャメチャになるのを見るのは、私には耐えられなかった。

「やめて、隆志君」

泣き声をあげてしがみついている間に、ようやく彼も気持ちが鎮まったようだった。

「もういいのよ。それより、お家まで送って」

二人は、ぽつりぽつり話をしながら私の下宿までゆっくりと歩いた。その途中で隆志は、明日の夕方、例のＳＦ同好会の会食が近くの喫茶店であるから、私も来るといいといった。

「君の友達の綾香さんもきっと来てると思うよ」

そういって喫茶エデンの名刺を渡してくれた。ＳＦというものを本で読んだことは一度もなかったが、あれこれ考える余裕もなく、とりあえずうなずいて名刺を受け取った。下宿の前まで来ると、隆志は少しためらっていたが、結局、二人はそのまま別れた。

部屋に入ってフロアに座り込み、濡れた服のままいつまでもぼんやりしていた。アルバイト先をクビになるのはこれが初めてじゃなかったから、その点は不思議なほど冷静でいられた。それでも、しばらくするとむしょうに人恋しくなり、涙がとまらなくなった。そうだ、明日、エデンに行って、もう一度隆志に会おう。それから、「アイヴォリータワー」のおかしな面々や、美人で音楽好きの綾香さんにも。そう思うと、人恋しさがまたこみ上げてきて、涙と笑いが同時にあふれた。

2

木の扉を開けて店に入ると、エデンの店内は意外に広く、見覚えのある顔が嬉しそうに声をあげて私を歓迎してくれた。八人ほどいるメンバーのほとんどは男の子だったが、人に氷水を浴びせるような野蛮な男とはまるで違っていた。

女子学生は綾香さんと久美さんの二人だけで、イヴニングドレスの二人は到底ＳＦマニアには見えなかったが、サロンのマダムのようにこの場を取り仕切っていた。実際、綾香さんの社交家ぶりは有名で、ベリーダンスの発表会や前衛美術家のパーティでも彼女を見かけた人は多い。この店が「アイヴォリータワー」の貸切りになっているのも、彼女の親戚の力だということを、私は後で隆志から聞いた。

「新しい仲間が入ってくれるのは、本当に久しぶりなんだ」

そういって、自称〝部長〟の由紀夫君は、空いたソファーに私を座らせた。

「でも、今日は様子を見にきただけなんです。仲間に入れてもらうだけの資格があるとは思えないんですけど」

「心配無用。アイヴォリータワーは、未来のＳＦ作家とＳＦファンのゆるやかな交流会だから、はっきりしたメンバーシップがあるわけじゃない。どれぐらい知識があるかも人さまざまだから、たまにでも来てくれればれっきとしたメンバーだよ」

「でも、私、ＳＦって読んだことないんです」

「会話につきあってくれるだけでいい。ＳＦのことはそのうち分かってくる」

「私も読んだことないわ」

綾香さんも笑っていった。

「さあ、これで今日来る予定のメンバーはそろったな。そろそろ発表に入ろうか」

数時間前に夜道でデートしたばかりの隆志が、くつろいだ表情でいった。

「今月は新作のシチュエーション・ストーミングだから、さっそく本題に入らないと時間が足りなくなる」

「シチュエーション・ストーミング？」

「ニューフェイスの人は知らないと思うけど、ぼくらは新しい作品の構想をここで教え合ってるんだ。各自の創作の刺激にするためにね。先週はぼくが発表したから、今日は隆志と夕貴と拓郎の番だ」と部長が言った。

「ああ、ぼくはもう原稿自体を書き始めてる。今から誰かが横取りして書こうとしても、追い抜かれる心配はないだろうね」

隆志はそういってカップのコーヒーを飲み干すと、改まった調子で話し始めた。それが、今までSFを読んだこともなかった私と、いつまでも心にひっかかることになる不思議なストーリーとの最初の出会いだった。

3

「すべての始まりは、ある狂信的な新興宗教だ。彼らは、この世界の堕落した人類を一掃して自分たちだけで新しい世界を作り、タカミ神族という理想の種族に自らを進化させようと考えた。それが神の意志だと信じ込んだわけだ」

「よくある話だな」と、由紀夫君があざ笑った。

「でも、面白そうじゃん」

綾香さんがいった。

「しかし、彼らの陰謀は事前に発覚し、教団は官憲によって徹底的に弾圧された。だが、教団の中の比較的穏健なグループは生き残り、本来の信仰とは似ても似つかない新しい教義を進化させた。それが楽園教義だ」

そういって隆志は、みんなの顔をゆっくり見回してから、言葉を続けた。

「彼らは、神の血を引くタカミ神族という名の高貴な種族が、すでにこの世に存在していると信じた。それで信者たちは、彼らを見つけ出し、俗世間から離れた平和な楽園に隔離して、一生幸福に生きてもらうことが自分たちの務めだと考えた。タカミ神族を完全に幸福にできれば、自分たちも神から喜ばれ、幸福な転生が保証されると信じたわけだ。そこで信者たちは、絶海の孤島を買い取り、タカミ神族をそこに住まわせ、自分たちが守護者として彼らに仕えることになった」

「タカミ神族は自分がタカミ神族だと分かってるのか？」

部長が聞いた。

「いや、分かってない。彼らは生まれてすぐに本当の親から引き離され、楽園の島に連れてこられて、自分たちの正体を告げられることなく守護者といっしょに平和に暮らしている。その中の一人の少女——ダンスの得意な女子高生が、ぼくの小説の主人公だ」

「要するに、頭のおかしな連中の妄想で、勝手に誘拐されて来たわけだな」

「そうだ。物語は主人公の視点で語られるが、自分が何者かを彼女は全く知らない。もちろん、タカミ神族と守護者の区別も一切知らされないままだ」

「それで、タカミ神族って島に何人ぐらいいるんだ？」

「それも、物語の中では隠されている。誰がタカミ神族で誰が守護者かは、守護者の側では分かってるが、タカミ神族には知らされていないからだ」

「もしかしたら、主人公一人かもしれないってことか。ちょっとホラーだな」

部長はそういって、足を組み直した。

「でも、完全に幸福な生活ってどんな状態なんだろう。まさか、脳に電極を付けて、一生甘い夢を見させるんじゃないだろうな？」

「それは違う。楽園の守護者のテクノロジーはそこまで進歩していない。基本的にはわれわれと同じレベルだから、実際に楽園を作って、それらしく幸福な生活を演出するしかないんだ。もちろん、タカミ神族たちの物質生活や健康状態に関しては、守護者がいつも最善の状態に管理している。しかし、本当に生き甲斐のある人生を送ろうとすれば、友だちと遊んだり、ライバルと競争して勝ったり、たまには負けたりすることも必要なんじゃないか？　そういう刺激がないと、ただのブロイラーだからな。だから、楽園の生活というのは、守護者によって慎重に管理されてはいるが、外見的にはわれわれのものとそれほど違わないんだ」

隆志の話を聞きながら、そんな生活をあれこれと想像してみる。私たちとそれほど違わないのなら、楽園のタカミ神族たちも、アルバイトをしたり、音痴で悩んだりするんだろうか。

「ぼくの小説のＳＦらしさもまさにその点にあるんだ。脳に電極をつけるわけじゃないけど、楽園らしい暮らしを演出するには、心理学とか人類学の科学的知見が前提になる。そういう点に、サイエンス・フィクションとしての科学的側面が盛り込まれるわけさ」

確かに科学は自然科学だけじゃないが、どことなくこじつけのようにも聞こえた。

「分かったぞ」と、部長が急に声を挙げた。

「主人公の少女は、守護者の些細なミスがきっかけで、自分が管理されていることに気づく。

それで、反抗心がめばえて、物語は楽園の崩壊へと一気に進むわけだ」

「よくあるパターンじゃん！」と、綾香さんも声を挙げた。

「そうじゃない。残念ながら、ぼくの小説の〝管理人〟はそんな間抜けじゃない。彼らは決してヘマをしない完璧な守護者なんだ」

そういって、隆志はもう一度、まわりの顔を見渡した。

「いいかい。少女は守護者が何もミスをしないのに、完全に自発的に真理を悟るのさ。そのへんのメカニズムは、いずれ詳しく話すことになるだろう」

「それにしても、〝完全に幸福な生活〟っていうのは、もっと考えておく必要がありそうだな。たとえば、健康状態が管理されていても、どうしようもない病気にかかれば、激しい苦痛をまぬがれないはずだ。それに、人は誰も永遠には存在できないから、親しい人が目の前からいなくなれば、残った者は必ず悲しみにくれる。タカミ神族に完全に幸福な生活を送らせようとすれば、そういう場合の対処法をどうするつもりなんだ？」

「そこなんだよ。そこが肝心なんだ」

部長の問題提起に、隆志は即座に応じた。

「ぼくの考えはこうだ。人は誰も永遠には存在できない。だから、愛する人が消滅した時には、当然悲しく感じるだろう。そういう場合、守護者は、消えていった者は、この楽園よりももっと快適な、ハイレベルの楽園に移転したと説明するんだ」

「そんな子どもだましで、納得するやつがいるもんか」

「幼いころからずっと教え込んで、洗脳しておけば問題ない」

隆志はこともなげに断定した。

「それより、重い病気にかかったり、神経症に陥ったり、守護者のいうことが全く信じられなくなったり、そういう状態にはまり込んだ時の方が深刻だ」

「そうなったら、どうする？」

「いいかい。守護者にとっての義務は、タカミ神族に幸福な生活を味わわせること、それだけだ。それが不可能になって、彼らが苦痛や不安しかもはや体験できないとなれば、守護者がやることは一つしか残らない」

そういう隆志の目に、不気味なほど真剣な光が宿った。

「それ以上、不快な人生が続かないように、化学的な方法を使って、そのタカミ神族は抹殺されるのさ」

第二幕

シーンA

エデンの浜　もしも私が鳥だったら

1

夏休みが終わっても、暑さが少しやわらいだ以外に、大きな変化はなかった。エデンでは、十月の終わりごろに短い秋があって、その後すぐに冬の季節に入る。ただし、冬といっても、その気になれば海で泳げないこともない暖かさだから、基本的にエデンは常夏の国といっていい。それでも冬に泳ぐ人がほとんどいないのは、季節の区別を重んじるサハーの風習が、エデンにも受け継がれた結果だといわれている。

生暖かい十月の風を全身にあびながら、私はバイクを走らせ続けた。クリスタルピークの頂上まで延々と続く舗装された坂道からは、わた雲のただよう真っ青な空と、水平線まで広がる大海原とが鮮やかに見渡せた。心なしバイクの速度をあげながら、わき見運転はダメだよと自分にいいきかせた。

去年、バイクの運転を習いたいと突然いった時の、ヒルメさんの驚愕した表情が脳裏によみがえった。昨日も、クリスタルピークのてっぺんまで一人で行きたいというと、彼女の顔は青ざめ、唇は痙攣していた。それでも、実際に来てみると、登山道路は、まるで交通規制されたように閑散としていて、他の車は一台も現れなかった。カーブは次第に多くなったが、私はできるだけ速度を落とさず、頂上までの道のりを急いだ。

学校は九月半ばに始まったが、半月ほどすると、みんなが「秋休み」と呼んでいる十日近い連休がある。その連休が、「プンダリーカ・スートラ」のパートナーと私とが、合同で練習する期間に当てられていた。発表会は十一月だから時間はたっぷりあるものの、練習場所はいつものダンススタジオではなく、私の住んでいる地域とかなり離れた海沿いのダンススクールだった。相棒の男の子がたまたまその辺りに住んでいて、別のクラブ活動のために地元を離れられなかったからだ。そういうわけで、私は、その近くの女子用コテージを予約してもらい、連休の間中、泊り込むことになった。

ダンススクールで初めて出会ったパートナーのイサチは、ほっそりした長身と、切れ長の目をした子どもっぽい丸顔とのアンバランスが印象的だった。長くはないが複雑に波うつ豊かな黒髪を、しょっちゅうかきあげる仕草が女の子のようだった。二つ年下のくせに、私のことを「ナミ」といきなり呼び捨てにして、それがまるで当たり前のような感じだった。

「出会った瞬間にひとめぼれ」だったかは微妙なところだと思う。それでも、どこか目のさめるような、不思議な印象を受けたことは間違いなかった。三日間いっしょにいる間に、私はイサチに〝夢中〟になっていた。

イサチは、〝芸術家タイプ〟という言葉をそのままマンガにしたような男の子だった。「プンダリーカ・スートラ」を踊る時も、私のように決められた型を忠実になぞるのではなく、いつも夢見るような表情で、自分自身のインスピレーションだけを正確に再現しようとした。そして、いっしょに踊っている私にも、彼のイメージ通りに演技することを求めたが、それがまるで押しつけがましくなく、やさしく自然に、包み込むようにして、自分の世界に私を導いてくれた。私は、生まれつき人から命令されたり規制されたりした記憶がない。ヒルメさんやナシメ君はいつもやさしかったし、私のいうことは大抵その通りに実現してくれた。他人の意志に自分をゆだねることが、これほど恍惚とした快感になることを初めて教えてくれたのがイサチだった。

「ナミも、だんだんうまくなってきたな」

ハスの咲くプールからあがって濡れた体をタオルで拭きながら、まるでインストラクターのように彼はいった。

「明日の練習は休みにしよう。気分を変えて、もう一度イメージを活性化させなくちゃ」

スケジュールまで勝手に決めるのが、彼には当たり前らしかった。

「ぼくは明日の正午、クリスタルピークの頂上に行く。あそこの眺めは本当に凄いんだ。車かバイクでしか行けない所だから、他人にじゃまされる心配もないし」

それから私に向かって、さりげない口調でいった。

「ナミも暇だったら、一緒に来たらいい。正午にてっぺんで待ってる」

私が車かバイクを持ってるかどうかを聞きもしないところがイサチらしかった。

2

頂上付近になると舗装道路はなくなり、湿った赤土にまばらな木と草の生える山道になっていた。一本の木のそばにイサチのものらしいバイクがとめてあるのが見えた。私もバイクをとめ、ヘルメットを置いて、頂上まで汗ばみながら歩いた。

頂上は、大海原を見下ろす草原で、イサチは草の上に大の字になって寝ていた。黙ってすぐ横に立って、上から寝顔をのぞきこんだ。

「やっぱり来てくれたな」

そういって、目を閉じたままにっこりと笑った。私も思わず微笑して、となりの草の上に足を組んですわった。轟々と吹く海風の中で、二人はいつまでもじっとしていた。

「ナミ」

イサチは急に話しかけた。

「何?」

「この海の向こうはどうなってると思う?」

私は考えたこともなかった。

「ぼくの家の近くにヨットハーバーがあるけど、時々、ヨット以外の小さな貨物船が入ってることがある。どこから来るかはよく分からない。もちろん、この島以外にもいろんな島があることはぼくも聞いてるけど、なぜか、もっともっと遠い場所から来るんじゃないかって時々思うんだ」

年下のくせにいろんなことを考えるもんだと私は感心した。

「スキトモたちに聞いても、どっちみち知らないに決まってるしな」

スキトモというのは、私にとってのヒルメさんのような存在らしかった。

「だから、こんな話は誰にもしたことがない。いうだけ無駄だからね。ナミに今日しゃべったのが最初なんだ」

どう答えていいか分からなかった。

「ところで、ナミ」

「何?」

「サハーは、本当に六千年前に滅びたんだろうか」

イサチは急に話題を変えた。

「みんな、そういってるわ」

「ぼくにはそうは思えない。サハーはこの世界にまだ存在しているような気がする。それも、この海の向こうの意外に近い場所にね」

「そんな近い場所に？」

私は少し驚いた。

「いや、もちろん、近くないかもしれない。船に乗って何年も航海しないと行けないかもしれないし、何回も何回も生まれ変わってやっとたどりつける場所かもしれない。でも、着いた瞬間には、なあんだ、すぐ近くじゃんってきっと思うに違いないんだ。なんせ、同じこの海の向こうなんだから」

「でも、どうやって確かめるの？」

思わず、真剣な口調で尋ねた。

「確かめようはない。水平線の先のすぐそこにあっても、ぼくらは海の向こうまで飛んで行くことはできないからね」

本当に不思議なことばかり考える子だなあと思った。

「もしも私が鳥だったら」

イサチは声を高めた。私は、文法の教科書の例文を連想した。

「仮定法？」

「そんなことじゃない。これは、ぼくが作った詩の一部なんだ」

そういって、イサチは体を起こすと、海に向かって大きな声でゆっくりと語った。

もしも私が鳥だったら
流れる季節風に乗って、大空をさまよっていただろう
まだ見ぬ国の君に会うために

憂いの国の少年は砂浜に腰を下ろし
泣きはらした眼で夕日をみつめる
海は悲しみの葡萄酒色に変わり
人は語らず、波も答えず
潮凝《しおこ》る波の香りには、はや夜の気配

いつ会えるだろう、まだ見ぬ憂いの国の君に
大海原をさまよい、今日も鳥は天空を翔びつづける

聞きながら私は草の上に寝ころがり、吸い込まれるような青空をながめ続けた。

3

この不思議な少年に、私は恋をしているのだろうか。でも、私のいとしい人は、子どもの時に別れ別れになったナギ君一人のはずだった。

「女の子は同時に一人の人しか愛せないいんだ」

以前、ナシメ君は得意気にそう宣言した。

「いいかい、これは生物学的に必然なんだよ。哺乳類のメスは大きな卵子を作って、お腹の中でオスの精子と受精させる。でき上がった受精卵も自分のお腹に入れたまま、大きくなるまでそこで育てる。だから、子どもを一個体作るための時間とエネルギーの負担はものすごく大きいんだ。それに対して、オスの側は、いろんな所で精子をばらまいてゆくだけでいい。結局、オスとメスの関係は一夫・多妻にならざるをえない。でも、一夫多妻制だと、一匹のオスが複数のメスと結びつくから、どうしてもあぶれるオスが出てくる。オスの側はメスをめぐって仲間どうしで権力闘争さ。強いオスはたくさんのメスを独占して自分の遺伝子を残すし、弱いオスはあぶれものになって遺伝子はこの世に残らない。結局、強いオスの遺伝子だけがどんどん自然選択されていくから、オスは体が大きくなるんだ。メスの方はもとのままだから、オスとメスは体格が違ってくる。つまり、体格の違いが大きい生物ほど、一夫多妻傾向は強いといえるんだ」

確かに、イサチは私より背が高くて、私の頭はイサチの肩ぐらいしかなかった。

「人間も当然哺乳類だから、一夫多妻傾向を持って生まれてくる。だから、男の子は複数の女の子を同時に愛せるし、そうする方が、一人一人に対する愛情が深まることもあるんだ。でも、女の子は違う。一時《いっとき》に愛せるのは、いつも一人だけなのさ」

冗談か本気なのかよく分からなかったが、とりあえず黙って聞いていた。

「ただ、話はそれだけじゃない。人間は、生まれた後の子どもを育てるにも大変な手間がかかるから、他の哺乳類と違って女子だけでは暮らせない。特定の男子が継続的にくっついていて、女子と彼女の子どもを援助しないとダメなんだ。つまり、哺乳類としては一夫多妻制だけど、人間の特殊事情として、一夫一婦制に引き戻されてることになる。ともあれ、そういうふうに、男子をずっと引きつけておけるタイプの女子は子孫を増やせるし、そうでないタイプは消えてゆく。今度は、女の側の生存競争だ。男どうしの競争は自然選択によって男の体を大きく強くするけど、女どうしの競争は、女の子をどう進化させると思う?」

私は首をかしげた。

「長い長い進化の結果が、今のナミちゃんなんだよ」

そういって、ナシメ君はいたずらっぽく笑った。

「それで、女の子はどうなるの？」

私はきいた。

「分かんないかなあ」

「？」

やわらかな日差しの中で、木の葉が一枚風に舞ったように見えた。

「かわいくなるのさ」

ナシメ君はそういうと、またにっこりと笑った。


「女の子は一時に一人しか愛せない」

それでもやっぱり、ナギ君もイサチも私は大好きだ。私は男まさりなんだろうか。

「でもやっぱり、女の子は一時に一人の男の子しか愛せない」

心の中で繰り返すうちに、私はだんだん眠くなってゆく。


クリスタルピークの頂上には、いつのまにか大きな木が立っていた。鬱蒼と茂る木の葉が、草原の上に黒々とした影を落とし、太い幹は宇宙からこの地上に突きたてられたパイプのように見えた。

はっとして上半身を起こし、その神秘的な木を凝視した。しばらくすると、幹の蔭に、ほっそりとしたイサチが立っているのが見えた。

私も立ってイサチの方に近づいた。すると、気持ちが子どものように浮き浮きして、思わず笑いがあふれた。いきなり走り出すと、太い幹の周りを一周して、後ろからイサチに抱きついて叫んだ。

「イサチ。好きよ！」

彼は、こちらを振り向くと、やさしく諭すように言った。

「先に言っちゃダメだよ。もう一度やり直しだ」

それからもう一度、今度は幹の周りを逆向きに走り、イサチが後ろから追いかけて来て私をつかまえた。

「ナミはかわいい！　ぼくはナミが大好きだ」

二人は向き合うと、初めて声をあげて笑った。そうしてしばらく向き合っていると、妙に気持ちが透き通ってきて、何もかもが透明になって、明らかになってゆくように思えた。顔も声もイサチのままだったが、本当は誰なのかはもう迷いようがないと思った。

「ナギ君？」

小さな声で、恐る恐るつぶやいてみた。

「嬉しい。戻って来てくれたのね」

心なしか、涙声になっていた。

「やっと気づいたな」

そういいながら、彼はにやりと笑った。

涙がものすごい勢いであふれて、頬から地面に滴り落ちるのが分かった。二度と離さないつもりで、私は彼を抱きしめていた。

「これは夢なんだ」と思いながら夢を見ることは珍しくなかったが、これは本当は夢なんだろうか？　それとも、現実なんだろうか？　そんなことはどっちでもいい！　と、私は心の中で叫んだ。

第二幕

シーンB

喫茶エデン　黒服の哲学者

1

梅雨の季節になって以来、雨は何日も降り続いていた。それでも、傘をさして朝から出勤する必要もなく、昼間は下宿で好きなだけ休んでいられる学生にとって、梅雨もそれほど苦にはならなかった。窓を開けると、湿りけはあるものの涼しい風が部屋に吹き込み、蒸し暑い空気を一掃してくれる。ここは隆志の下宿だが、もうすっかり二人の住みかになっているせいで、私にとっては自分の家よりくつろぐことができた。

隆志は、筋力トレーニングにせっせと励みながら、何種類ものSFを並行して書き進めていた。私もSFについて教えてもらったり、短いものを書いてみたりした。昨日の夜は記念すべき第一作目の完成記念日で、隆志は最初の読者になってくれたが、初心者を励まそうという気はさらさらないらしく、一読するやいなや憮然とした表情で考え込んでしまった。

「SFらしくないんだよなあ」

しばらく考えてから、ため息まじりに言った。

「SFをサイエンス・フィクションととっても、スペキュレーティヴ・ファンタシイととってもどっちでもいいんだけど、少なくとも、ホームドラマや人情話じゃないんだ。プログレッシヴ・ロックが演歌じゃないのと同じだよ」

ジャンルなんかどうでもいいじゃん、面白ければ、と私は思ったが、彼のこだわりは半端じゃなかった。私もすっかり不機嫌になって、気持ちの昂《たかぶ》りがおさえられなくなった。

「最初からジャンルにこだわるなんておかしいよ。人情味のあるSFだって、あっていいじゃん。宇宙でも未来でも同じ人間には違いないんだから」

「そうはいかない。SFに庶民的な人情話を持ち込む違和感は、絶対無視できるもんじゃない」

「男って、どうしてそう頭が固いの？　何でも物事をせせこましく考えるのは、自分自身を縛りつけるだけだよ。女には理解できないよ」

だんだん興奮して涙が出てきた。隆志は二十分以上かけて一生懸命理屈をこね、SFの歴史を説明しながら私を説得しようとした。

でも、私は、いいたいことをいい尽くして涙を流すと、すっかり気分が爽快になった。SFのことなんて、もうどうでもいいと思い始めていた。

「もういいよ。隆志はホントに石頭なんだから」

そういって、黙って隆志に抱きついた。にっこり微笑むと、彼もようやく気持ちを鎮めて、笑い返してくれた。興奮したおかげで、人恋しさも一気に跳ね上がっていたから、そのまま二人は抱き合って、心ゆくまで愛情を確かめ合った。

2

今日も一日中雨が降っていた。隆志は昼間からアルバイトに行き、私は学校で授業に出て、夕方まで友達と一緒に過ごした。隆志との暮らしにすっかり満足したおかげで、梅雨空にもかかわらず、気持ちは、この上なくさわやかだった。

彼がアルバイトから帰るのは深夜になるはずだったから、夕食後は自然と足がエデンに向かった。木の蔭になかば隠れたエデンの扉には、今日も、「貸切り・アイヴォリータワー御一行様」の札が下がっていた。

中に入ると、自称〝部長〟の由紀夫君や、彼の恋人の綾香さんや、その他数人のメンバーが、お酒の入ったグラスを片手に話をしていたが、どことなく、いつもと違う気配が漂っていた。ラム酒のロックを飲んでいる綾香さんは珍しく軽装で、黒いタイトなジーンズに、大きなお日様の絵のついた桃色のTシャツを着ていたが、私が覚えた違和感はそれだけではなかった。

「隆志の書いてる楽園物語について、今、話してたとこだよ」

部長が、私に向かっていった。

「主人公の少女は、自分が監視されたタカミ神族だってことをどうやって悟るんだろう？　そこが大事なポイントだと思うんだ。隆志は、完全に自発的に真理を悟るんだっていってたけど、何かのきっかけはあるはずだ」

「楽園の外側から漂流民が流れ着いて、外界のことをしゃべるってのはどう？」

すかさず綾香さんがいった。

「それもいいかもしれない。そもそも楽園の島と外界とが、完全に断絶してるとは思えない。楽園が自給自足のはずはないから、物資は外から運ばれてくるはずだ。だから、そのための貨物船が密かに出入りしていて、そこから秘密が漏れる可能性もある。疑い深い恋人から、真相を教えてもらうっていうパターンもあるしな」

「恋人といえば、タカミ神族って結婚するのかしら」

「してもいいんじゃないか。でも、夫婦仲が悪くなると不幸な人生になるから、結婚制度については何か工夫が必要だろう」

「タカミ神族はタカミ神族どうしで結婚するわけ？」

「そりゃそうだろ。守護者と誤って恋に陥るってのも面白いけど、ちょっとありふれてるしな」

そういって、部長はスコッチの水割りを飲み干した。

「ところでさあ、隆志の書いてるような楽園に住んでみたいと思う？」

由紀夫君は突然、私に尋ねた。私としては、隆志との暮らしに満足だし、改めて楽園に生まれ変わりたいとは思わなかったから、黙って首を横に振った。

「病気になったり憂鬱症になったら、さっさと処分されるんだろ。危なくて生きてられないじゃん。それに、守護者に監視されて家畜みたいに主体性のない人生を送るなんて、ありがたいとは思えないね」と、夕貴君がいった。

「でも待てよ。抹殺されたら意識はないわけだから、それ以上苦痛を感じることもないはずだよ。そうなることが一切知らされなくて、予想もつかなくて、痛みも不安もなしに突然抹殺されるとすれば、それを苦にする理由もないいんじゃないか」

拓郎君が口をはさんだ。

「それに主体性って何なんだろう。楽園の住人は自分が管理されてることを知らないわけだから、自由に生きてるって思い込んでるはずだ。もしも生活が単調で楽しくないとすれば、それは守護者の管理の仕方が下手だからさ。でも、隆志の小説では守護者はそんなヘマはしないことになってる。だったら、タカミ神族も、みんな生き生きと、自由を謳歌してるつもりで生きていられるんじゃないか？」

「私は、今すぐでも楽園に引っ越したいわ」

綾香さんがラム酒を継ぎ足しながらいった。

「だって、毎日早起きしなくてもいいし、掃除も洗濯もしなくていいし、お金の心配もいらないから、苦労して働く必要もないんだよ。自分が望みさえすれば、一生、楽しいことだけをして、遊んで暮らしていいんだから、私だったら、一日中音楽を楽しんで、ハタ・ヨーガとマッサージと岩盤浴に明け暮れると思うな。その方が、絶対お肌もきれいになるし、極限まで女を磨けると思うわ」

ほろ酔い気分で、あふれる妄想を抑えきれない様子だった。

「ついでに、ロールケーキの食べ放題もあるかもしれないしな」

そういって部長は笑った。

「まあ、綾香の願望はともかくとして、楽園とは何かをはっきり理解することは大事だと思うよ。守護者に管理されるにしても、管理されてるから自由がなくて退屈だと思うようじゃ本当の楽園じゃない。そういうことも全部踏まえた上で、完全無欠な楽園をイメージしないとダメなんだ。だから、楽園とはどういうものかは、ものすごく哲学的な難しい問題だと思う」

どうも、話が途方もなく大きくなってしまうようだった。

「それで由紀夫は、わざわざ哲学科の天才をここに連れてきたわけか」

夕貴君がいった。

「そうさ。ただ、水割り一杯で酔いつぶれるとは想定外だったけどな。ぼくの〝彼女〟とは大違いでね」

部長がいうのを聞いて、ようやく私は今日の違和感の本当の原因に気がついた。衝立に半分隠れた奥のテーブルだからはっきり見えなかったが、そこに、黒トカゲのようなラバースーツを着込んだ小柄な男子が、うつ伏せになって寝込んでいた。天才哲学者武瑠《たける》の、まさに意表を突く登場だった。

3

「ぼくが昨日学食で武瑠に会って、隆志の楽園の話をしたら、あいつは即座に、それは楽園ではありえないっていっていったんだ。一秒で分かることだがお前たちに説明するには何日もかかるだろうともいってた。それじゃあ、説明してもらおうじゃないかっていうことで、今日ここに連れてきたわけだけど、哲学論議でみんなを熟睡させる前に、自分が真先に寝込んだみたいだな」

部長があざ笑った。それから綾香さんと二人で、グラスの氷と水を武瑠の襟首から背中に向けて思い切り流し込んだ。しばらくたってから、武瑠は大声をあげてとび起きた。

「やっと目が覚めたようだな。そろそろお前の出番だぜ。昨日の話の続きをゆっくり聞かせてもらおうじゃないか」

「まったく、奇蹟の天才に向かってひどいことをしやがる」

そういって武瑠は、豊かに波うつ髪を両手で掻きあげた。小柄な上にスリムで引き締まった体をしていたが、顔つきはふくよかで絵に描いたような美少年だった。その上、女の子のようなきめ細かな肌も印象的だった。外見の美貌と冷やかな話し方がとてもミスマッチに思え、筋肉質だが意外にやさしい隆志とは、ちょうど正反対だと思った。

「隆志の小説の中の楽園は、楽園ではありえないっていったよな」

「いったさ」

武瑠は平然と答えた。

「SFの中の空想なんだから、現実の楽園でないのは当たり前じゃないか」

拓郎君がいった。

「そんな問題じゃない。隆志の小説通りのものがどこかに実在して、守護者とやらも、一切ボロを出すことなく島の管理に励んでいたとしても、あいつの楽園は楽園ではありえないんだ。これは、純粋に論理の問題なんだよ」

「人を平気で抹殺したり蔭で監視したりするような社会は、楽園ではないってことか」

今度は夕貴君がいった。

「いや、それも違う。通俗的な倫理観とマッチするかどうかは問題にしてない。おれがいいたいのは、そんなヤワな問題じゃなくて、もっと根源的な問題なのさ」

ますますわけが分からなくなってくる。

「どうも、お前たちに説明するには時間がかかりそうだな。ともあれ、順を追って議論することが大事だ。まず、おれがいいたいことは、隆志の考えた楽園の島は、あいつのデザイン通りに存在したとしても、定義通りの楽園にはなりえないってことさ。それを説明するためには、最初に、楽園の定義をはっきりさせておく必要がある」

「楽園というからには、楽しい所なんだろ?」

「確かにそうだが、人によっては、道徳的に優れた所、つまり、『清く正しく美しい』社会を楽園というかもしれない。信心深い連中だったら、神に対する信仰に満ち溢れた場所を楽園というだろう。だから、楽園の定義は、そうした可能性にも目配りして、十分広い意味で考えないとダメなのさ」

そういいながら武瑠は、すぐそこに置いてあったグラスの水を飲み干した。

「まあ、とりあえず、『俗世間よりもはるかに価値のある世界』ぐらいでいいだろう。楽園と呼ぶにせよ理想郷と呼ぶにせよ天国と呼ぶにせよ、定義としてはその程度で十分だ。問題は、その場合の『価値』が、どういうことを指すのかだ」

しゃべりながら、眠気を払うように何度も顔をこすった。

4

楽園とは俗世間よりもはるかに価値のある世界である。私は心の中で復唱した。それでは価値とはいったい何なのか？　私にはまるで雲をつかむような話だった。楽園の定義ぐらいで、そこまであれこれ考える必要があるのだろうか。

「お前たちは『価値とは何か』なんて考えたことはないだろうけど、価値あるものは何かと聞かれれば、必ず何らかの答えを持ってるはずだ」

「愛とか金とか名誉とか、そういうことか？」

「そうさ。そういった答えを導くものが、お前たち一人一人の価値観というものだ。みんな何らかの価値観を、いつも当然のように持ってる。でも、価値観は、宗教や国籍や人生経験が違えば大幅に違ってくるし、自分自身でさえ、時がたてば変化したり、内部で矛盾していることに気がついたりする。そうしたことを自覚する時、おれたちは、特定の価値観だけが唯一絶対のものではないことをしみじみと実感するわけだ。『価値とは何か』という抽象的な問いが、本当の意味で起ち上がるのは、まさにそういう時さ」

武瑠は一気にしゃべった。

「だから、『価値とは何か』を考える時は、宗教や国籍や人生経験が違って価値観が全く異なる人にも、普遍的に当てはまるような内容を考えないといけない。これが、価値を論じる時の前提条件・その一だ」

「その一ということは、その二もあるわけだな」

「そうだ。二つ目の前提条件は、物質そのものにはどこにも価値はないということさ」

「おいしいロールケーキと腐ったロールケーキには、違う水準の価値があると思うけどな」

夕貴君がいった。

「それは、人間の側の感覚の問題だ。ある状態のケーキを『おいしい』と感じ、ある状態のケーキを『まずい』と感じる。この価値判断は主観的なものさ。ケーキを構成する素粒子の集合が『おいしい』わけじゃない。それに、ケーキが腐っても、美女が年取って死体になっても、名画が焼けて灰になっても、すべては物理や化学の因果法則に従って物質の状態が変化しただけだ。それ自体にいいも悪いもないだろう。だから、価値判断はわれわれの意識にのみ帰属し、物そのものには全く帰属しない」

「でも、『おいしい』という価値判断の原因がロールケーキという物質じゃないのか」

「そうともいいきれない。原因にしても、ロールケーキだけじゃないからな。舌の神経繊維も空気も唾液もみんな原因の一部だ。そうした無数の物理現象が原因になって一つの意識が発生し、その意識の中に『おいしい』という価値判断が現れるのさ」

「でも、価値が主観的だっていうことは、本人の気持ち次第でどうにでもなるってことか」

「それも違う。人間が自分の意識の中にどういう価値判断を持つかは、そいつの身体構造や親から受け継いだ遺伝子や周囲の文化によって規制される。だから、主観的だといっても、自由にあやつれるとか人ごとに完全にバラバラだということにはならないんだ」

武瑠は、いかにも余裕綽々という感じで、小気味よく断定した。

「それじゃあ、価値を論じる前提条件に、『その三』はあるのか?」

今度は部長が聞いた。

「ある。それは、こういうことだ。価値は、意識の中に存在する主観的な現象だが、特定の決まったモノの形をとってるわけじゃない」

「価値とは私の目に見えるバナナである。価値とは私の舌に感じるロールケーキである。そういうもんじゃないってことだな」

「その通り。実際、あらゆる人間がバナナを価値だと感じるわけじゃない。だから、バナナというモノが価値だというのは、一つの価値観ではあっても、誰にでも当てはまる価値そのものじゃないんだ。仮に、あらゆる人間が普遍的に価値と認める特定のモノがあったとしたら、それはものすごく特殊な、限定されたモノだ。だとすれば、価値とは、滅多にお目に掛かれない非日常的なモノだということになる。しかし、そんなバカなことはないだろう。多少なりとも価値のあるものは、その辺にいくらでもあるはずだからな」

「誰もが普遍的に価値だと認めるモノって、生命じゃないのか？」

と、夕貴君がいった。

「それもムリだ。生き苦しくなって生命を放棄したがるやつは大勢いるからな。国家や宗教の方が生命よりよほど大事だという考えも、世界全体ではおそらく多数派だろう。それに、生命だけが唯一絶対の価値だとすれば、おれたちは、現に生きてる以上、みんな同じレベルの価値を常に体験しながら暮らしてることになる。幸福であろうと悲惨な境遇であろうと、一切関係なしにだ。しかし、それもバカげた話だ」

「確かにそうだな。悲惨な人間に対する気休めにはなるだろうけど」

「というところで、価値とは何かを考えるための準備体操はこれで終わりさ。後はお前たちの直観で、真理を洞察してもらおう」

そういうと、武瑠はようやく言葉をやすめて、もう一度水を飲んだ。

「いいかい。おれたちは、今ここの自分の意識内容しか確実に知ることはできない。しかし、過去や未来や他人の意識についても、大体のところは想像がつくはずだ。コウモリの意識がどういうものかを想像できないということは、逆にいえば、同じ人間さまの意識なら、具体的な中身までは分からなくても、自分の今の意識から大枠は類推できるってことだろう？　だから、そうした〝想像力〟を駆使して、価値とは何かの答えを自分で考えてみろ」

武瑠の無気味なほど美しい顔に、挑むような表情がありありと浮かんだ。男というのは、どうしてこういうややこしい話が好きなんだろうと私はあきれ果てた。これでようやく「価値とは何か」の前置きが終わったらしいが、隆志の考えた楽園が、定義通りの楽園ではありえないことの証明はいつ始まるのか、まるで見当もつかない。ただ、楽園が大好きな上に私と違って頭脳明晰な綾香さんは、相変わらずラム酒をあおりながら、部長の肩に寄り添って、楽しそうに話を聞いていた。

5

「では、諸君。結論を出してもらおう。価値とはいったい何だ？」

武瑠が畳みかけた。

「決まってるじゃない。快楽だわ！」

綾香さんが即座に笑っていった。

「正解！　その通りだ」

武瑠が叫んだ。

「価値の本質とは、客観的な物そのものにはないし、ロールケーキやシュークリームのような、意識に現れる特定のモノでもない。それは、意識に含まれる性質の一部で、すべての望ましい意識内容には必ず含まれ、望ましさそのものと一体不可分の関係にある性質なんだ。それが、『快』という感覚質であることは、自分自身の意識を思い返したり、他人の意識を想像したりしてみれば、明らかじゃないか。ただし、不快は快の反対の性質だから、マイナスの快だと考えておく」

そしてさらに、話を補足した。

「快と不快は、すべての意識内容に含まれる普遍的な性質の一つといっていい。たとえていえば、色や形が違う多様な映像の中に、程度の差はあれ、『明るさ』という性質が共通に含まれてるのと同じだ。もちろん、『明るさ』だけを単独で取り出すことはできない。しかし、すべての意識内容には、プラスマイナス・ゼロも含めて、正または負の、一定レベルの快または不快が、必ず含まれてるのさ」

それから武瑠は、みんなの反応がまだ鈍いと思ったらしく、例をあげて説明し始めた。

「たとえば、おれの意識の中に映像として綾香の顔が現れるとする。すると、それに対して『かわいい』という判断が生じ、その中に、快の感覚も含まれるわけだ。そうした快がまさに価値そのものだから、その時のおれの意識は価値を帯びていることになる」

「綾香そのものが価値じゃないの？」

本人がいった。

「綾香そのものは、おれの意識内容を生み出す原因の一部だが、それ自体は素粒子のかたまりだから、色もつやもないし美しくもない」

「失礼しちゃうわ！」

いいながら、本人はほろ酔い気分だった。

「まあしかし、通俗的には、綾香そのものが美しく、快を与えてくれて、価値があるというふうに解釈されてはいるけどな」

「でも、しょせんは錯覚だってことね。ますます失礼しちゃうわね」


「ところで、価値は快だけなんだろうか？」

今度は〝まじめ人間〟の夕貴君が、真剣な顔できいた。

「道徳的な善なんかも価値じゃないのか？」

「『清く正しく美しく』ってやつか」

「たとえば、親孝行は善だといわれてる。ぼくの意識の中に親孝行する人が現れれば、その人は善人だって普通は思うだろう？　そういう時の善は、快とは別の価値判断だと思うんだ」

「確かに善は快に還元できない。でも、こういう例文を考えてみてくれ。一つは、『綾香は色白だ』。もう一つは、『綾香は善人だ』。どちらも綾香そのものがある性質を持つことを表してる。もっとも、素粒子のかたまりを色白といえるかどうかは疑問だが、一応ここでは百歩譲って、綾香そのものが色白だし善人だと考えておこう。それでは、『色白だ』という性質と『善人だ』という性質は、いったいどこが違う？」

「もちろん、『善人だ』の方は、道徳的な価値判断を含んでる」

「そうだな。しかし、『善人』は『色白』と違って、どうして価値判断だといえるんだろう？それは結局、見る者に快や不快を与えるからじゃないのか。親孝行の善人を見ても誰も快を感じない、親不孝の悪人を見ても誰も不快に思わないとしたらどうだ。その場合、善人とか悪人という性質は、確かに道徳的な『価値』だと見なされはするけど、実際には、色白や色黒と同じような単なる性質に過ぎないんじゃないか。つまり、価値は価値でも言葉の上だけの価値なんだ。快と不快が付随することで初めて価値はリアリティーを持つ。そう考えれば、価値そのものといえるのは、やっぱり、快と不快だけなのさ」

武瑠は滔々《とうとう》とまくしたてた。夕貴君はまだ何かいいたそうだったが、何もいえずにそのまま引き下がった。

6

「結局、感覚としての快が、そしてそれだけが、価値の本質なんだ。これで、楽園を定義する作業は七割がた終了だ。だが、議論を完成させる前に、もう一つ押さえておきたい論点がある」

武瑠はますます饒舌だった。

「価値とは快そのものだとおれがいう時、それは、おれ自身の快を指してる。他人の快は、そいつにとっては価値だろうが、おれにとっては快でもないし価値でもない。しかしその場合でも、他人の意識の中に価値そのものであるような感覚が存在することを、おれはちゃんと理解できる。つまり、価値には、感覚として実際に経験される価値と、頭の中でそれは価値だと理解するだけの価値があるのさ。たとえば、一人が快を感じるより十人が同じレベルの快を感じる方が、快の総体は大きくなるだろう。そういうことを理解できるのも、自分が直接経験できない快や価値の存在を、頭の中で考えられるからだ。十人分の快の総体なんて、おれ一人では絶対経験できないからな」

武瑠は、すぐ横に立ててあった「本日のサービスメニュー」を書くホワイトボードに、「A・感覚された価値／B・考えられた価値」と、マーカーで大きく記入した。

「『感覚された価値』とは、今ここの自分自身の快のことだ。それは理屈抜きの価値そのものだから、価値の本質とか価値の根源といってもいい。それに対して、『考えられた価値』にはいろんなものが含まれる。自分自身の快にしても、『私は快を経験している』と頭の中で考えれば、それはすでに『考えられた価値』の一種だ。他人の快とか、世界全体の快の総体も、いうまでもなく『考えられた価値』に含まれる。もっといえば、快が高まってゆくという変化を価値だといってもいいし、他人に快を与える原因となるモノを価値だと考えてもいい。自分自身の快が価値の根源である以上、そういったものを派生的な価値だと考えることは、何もおかしくないからな。ただし、快とまるで関係ないものを『考えられた価値』の中に含めることは賛成できない。さっきもいったように、価値は価値でもリアリティーのない価値になりさがってしまうからだ」

「これで、楽園を定義する準備は完了だ」

武瑠は高らかに宣言した。

「おれたちは、楽園を『俗世間よりもはるかに価値のある世界』というふうにすでに定義した。問題は、その中の『価値』という概念だが、それをさらに理解するためには、二種類の定義を組み合わせればいいんだ」

そういって、さっき書いたばかりのホワイトボードの文字を次のように書き直した。

Ａ　価値とは個々の瞬間における快である。より高度な快は、より高い価値を意味する。
Ｂ　世界全体の価値とは、その世界の快の総体である。

「もちろん、Ａは感覚された価値で、Ｂは考えられた価値だ。どっちにしても、不快は快の反対であって、常にマイナスの快として扱うことにする」

まるで命令するように、てきぱきと話を進めた。

「いうまでもないことだが、隆志のいう楽園も、一つの小世界だ。一つの世界は、快や不快を感じることのできる意識を持った多数の生物から成り立っていて、千年か万年かは知らないが、一定期間存続する。つまり、ある生物のある時点での瞬間的意識を、ものすごくたくさん集めたものが一つの世界に存在するわけだ。定義Ａは、個々の瞬間的意識に含まれる快が、価値の根源だということを示す。定義Ｂは、それを踏まえて、そういう瞬間的意識の集合体に含まれる快の総体が、世界全体の価値を表すといっている。これで、楽園の価値を定義することができるんだ。次に、楽園の価値と俗世間の価値とを比較して、楽園の方が明らかに価値が大きいといえれば、楽園は、『俗世間よりもはるかに価値のある世界』という定義通りに成り立ってることになる。おれが否定したいのは、まさにそこなのさ」

「それで、その理由は何だ？」

由紀夫君が身を乗り出した。

「それをお前たちに説明するには、まだまだ何日もかかるだろうぜ」

武瑠は得意気に周りを見渡すと、改めて不敵な笑みを浮かべた。綾香さんは、とっくに酔いつぶれて、由紀夫君の肩に凭《もた》れながら眠っていた。


私は思わず運命を呪いたくなった。隆志と仲良くなり、昨夜は初めて結ばれて、あれほど満足していたのに、どうしてこんなことになってしまうんだろう。隆志の単純素朴で、どこまでもやさしい表情が、私の意識に生々しく浮かび上がった。

「女の子は一時に一人の人しか愛せないんだよ」

いつか由紀夫君が綾香さんにいっていた不吉な言葉が、脳裏に蘇った。あの時は、哺乳類がどうのこうのとおかしなことばかり言ってると思い、まるで気にもとめなかった。それが今は、私の心に容赦なく、重苦しくのしかかってくるように思えた。

十二時を告げる時計の音がエデンの中にうつろに響き、私はなかば茫然として、黒いラバースーツの美少年を見つめ続けた。私は武瑠と出会ってしまったんだ！　心臓の高鳴りとともに、もう一度私は自分の運命を呪った。

第三幕

シーンA

エデンの浜　禁断の桃の実

1

朝のやわらかな光が、窓の外に広がる密林のような木立ちに射し込み、フレンチウィンドウに囲まれたガラス張りのサロンの中も、光と影で、鮮やかに染め上げられた。私たちのカントリーハウスは、部屋の中も外も本当に静かで、何もかもが美しかった。

真っ黒なラバースーツにぴったりと身を包んだイサチは、サロンに充満する光と熱気に溶け込むように、「アヌッタラヨーガ・タントラ」の第一章、「グヒヤサマージャ」を踊り続けた。私も、いつもと同じ漆黒のラバースーツを着込み、床の上に足を組んで坐って、彼の踊りをじっと眺めた。

第一章を思う存分ゆったり踊り終えると、第二章から第四章を全部とばして、いきなりイサチは、究極の悟りを意味する最終章に入った。そして、私の手をとり、立ち上がらせて、二人一緒に第五章の「カーラチャクラ」を踊った。壁際の鏡には、二匹のつやつやと光る黒トカゲが、抱き合って乱舞する姿がはっきりと映っていた。いつまでも細身で、子どもっぽさの残るイサチに比べ、年上の私は、顔も体も心なしかふくよかになり、髪もほとんど腰まで伸びて、むせかえるような女らしさを自分でも自覚していた。それでも、こうして一緒に踊る姿を鏡で見ると、初めて出会ったころと何も変わらない、お似合いのカップルだと自分では感じた。

この山の中のカントリーハウスがイサチと私の新居になって、五年が過ぎていた。二人の暮らしはいつもほどよい刺激に満ち、平穏で、幸福に、ゆったりと流れた。

六千年前に滅びたサハーの人々が「結婚」と呼んでいた習慣は、エデンでは「一〇年単位で更新可能な共同生活」という形で残っているが、それを選択する人は今ではあまり多くない。それでも、私とイサチは大勢の友だちを集めて「結婚」のお披露目をし、ヒルメさんが見つけてくれたこの家に揃って移り住んだ。

それと同時に、私たちはプロフェッションも取得することにした。これも、サハーの人々が「就職」と呼んでいた習慣の名残で、エデンでは、一応学校で勧められはするが、やはりみんなが実行するわけではなかった。イサチと私は、大好きなダンスとは違うことに挑戦しようと決め、私は歌手、イサチはシナリオライターのプロフェッションを選択した。イサチがシナリオライターになるといいだした時は、お腹をかかえて笑ったが、彼は数カ月間養成講座に通うだけで、みるみる才能を開花させた。新人賞を取って以来、半年ごとに作品を発表し、どれも一度は町のホールで上演されているので、私も、今ではイサチの才能を認めざるをえない。最近では、彼に教えてもらいながら、自分でも短い作品を書くようになった。イサチは、シナリオの技法についていつも得意気に教えてくれた。人物の性格や境遇は、絵に描いたようにはっきりさせないといけないとか、必ずどこかで葛藤が生じて、裏切りや対立が起きないといけないとか、観客には分かっていても主人公には分からないような隠し事がないといけないとか。

一方、私の方の「歌手」の仕事は、彼と違っていいかげんなものだった。養成講座はすぐに終わったし、ホールでの出演依頼が来るのも月に一度ぐらい。ダンスの発表会の方がよほど準備が大変だった。それでも、歌手になってからは、いろんな歌を覚え、昔、サハーで歌われていたという「カンツォーネ」にもレパートリーを広げた。幼いころ、自分が音痴だったような記憶があったが、大人になってからは、聴衆が驚くほど好意的なおかげで、昔のささやかなトラウマは簡単に克服された。

2

「アヌッタラヨーガ・タントラ」を踊り終わり、汗ばみながら余韻に浸っていると、ちょうどいいタイミングで来客を告げるベルが鳴った。ナシメ君とスキトモ君が車で到着したところだった。今日は、二人を連れて、イサチと四人でヨットハーバーに食事に行く予定だった。私たちはラバースーツを脱いで、ジーンズとシャツだけの軽装に着替えた。

玄関を出ると、まるで古い映画に出てくるようなレトロなオープンカーがすぐそこに停まっていた。ナシメ君を助手席に乗せてハンドルを握っているスキトモ君は、イサチの年下の友人だったが、柔和な丸顔でいつもにこにこしていたから、いたずらっぽくニヒルな感じのナシメ君とは、どこか対照的だった。

「来るのが早すぎましたか？　レストランの予約が取れたんですぐに来たんですけど」

スキトモ君は笑いながら頭を掻いた。

「いや、ちょうどいい時間だ。今から出掛ければ海鮮ランチをゆっくり楽しめるしな」

イサチがいった。

「それはよかった。ナミさんもどうぞ乗って下さい。それにしても、イサチさんの愛情のおかげなんでしょうね、ナミさんはいつ見ても本当にお綺麗です。年とともに全身の豊満さも際立ってくるようだし、特に明るい色のブルー・ジーンズの密着ぶりが以前より一層魅力的ですね」

いつものように、あけすけな口調だったが、別に悪い感じはしなかった。

私たち二人は後部座席に座り、オープンカーはおもむろに林の中の道を走りだした。

カントリーハウスから海岸まで、十五分もかからなかった。輝くような海を見ると、芝生の上に車を停め、私たち四人は車を降りて、海岸道路をゆっくり散策した。海側はヨットハーバーが延々と続き、折り重なるように並ぶ白いヨットのいくつかには、のんびりとデッキを掃除したり、船上に椅子を並べて談笑する人影が見えた。道の反対側は、ホテルやレストランが並び、エデンでは珍しい都会的な風景だったが、あまり人が大勢いるようには見えなかった。

「オーイ!」

イサチは一隻の船の前で手をふった。デッキにいた年配の船員がほがらかに手をふり返した。それは、周りのヨットとは対照的な薄汚れた灰色の貨物船で、「35」という船籍番号がへさきに大きく書き込まれていた。

「あの船、知ってるの?」

私は聞いた。

「いや、知らない」

イサチはそっけなく答えた。

海鮮レストラン「サーガラ」は、広々としたテラスのオーシャン・ヴューがとても美しい店だった。ただし、わざわざ予約して来たわりには、他の客はほとんどいなかった。私たちはヒラメとアサリと蛸のランチを心ゆくまで堪能し、次のダンス発表会の締めくくりを昔なつかしい「プンダリーカ・スートラ」にするか、最近作曲されたばかりの「ガンダヴューハ・スートラ」にするかで、大いに議論した。「ガンダヴューハ・スートラ」は大勢のダンサーを従えて踊るサンガ形式だから、「プンダリーカ・スートラ」と同じように全員が水に入って演じるとすれば、かなりおおがかりな準備が必要になりそうだった。

「ところで、さっきの貨物船だけど」

スキトモ君がふと話題を変えた。

「先月も港に来てたのを覚えてますか？」

イサチをためすように尋ねた。

「それは違う」

イサチは即座に答えた。

「先月の船は船籍番号が34だから同じ船じゃない。同じような貨物船が毎月来てるけど、番号が順番に変わってるんだ。でも、乗ってる船員は同じ男だ」

「よく観察してますね」

そういって、スキトモ君はまた楽しそうに笑った。

「それにしても、どうして、世の中にあんなたくさん貨物船があるんだろう。エデンの近くに、もちろん離島はあるけど、そんなにたくさん船が要るはずはない。それに、同じ船が入港する間隔はいつも半年以上だ。かなり遠くから来てるとしか思えないよ」

ナシメ君とスキトモ君が車をとりに店を出て、私たちが二人だけになると、イサチは身を乗りだすようにしていった。

「あれはきっと、海の向こうのサハーから来てるんだ」

目を輝かせながら、声を低めて断言した。なんで、そういう飛躍した結論になるのか、私にはまるで分からなかった。

「どうしてそう思うの?」

「理由なんかない。そう思うだけさ」

そういいながらも、イサチはすっかり確信している様子だった。

「あの中のどれかの船に乗れば、絶対サハーに行けるんだ。サハーはこの海の向こうに、今もきっとあるんだよ。だから、貨物船に紛れ込めば、そこまで密航できるかもしれないんだ」

ますます途方もない方向へ話が飛躍した。大事なパートナーのイサチに危険なことはしてほしくなかったが、子どものように自由奔放なイサチのことだから、本当に密航するかもしれないと私はすぐに思った。ただ、みんながつらい思いばかりしている〝不幸の国〟を見てみたいというイサチのこだわりには、私はなかなかついていけなかった。

イサチは、ヨットハーバーの向こうに広がる海を、遠い目つきで眺めた。

「もしも私が鳥だったら」

かすれるような小声でつぶやいたように聞こえた。

「そんなことといっても、行けるわけないじゃん」

心の中でそっとささやいた。イサチは、まだ何かを思いつめるように、大海原をいつまでもながめ続けた。

3

ヨットハーバーに行って以来、イサチが暮らしの中でサハーを話題にすることはなくなった。それでも、気のせいかもしれないが、彼がいつもサハーと海と貨物船のことを思い続け、密航を考えているように、私には思えた。

ナシメ君が「ガンダヴューハ・スートラ」のビデオと海鮮の詰め合せを家まで届けてくれた時、私は、そのことを思い切って彼に打ち明けた。その日は、自分がシナリオを書いたドラマのリハーサルを見るためにイサチは町に出掛けていたから、家の中は私一人だった。幼なじみのナシメ君は、私にとって誰よりも信頼できる友達だし、何でも遠慮なく相談することができた。その上、サロンの中で、二人だけで向き合っていると、まるで子ども時分にもどったような懐かしさを感じた。窓の外では、木立ちの緑が目にしみるように鮮やかになり、所々赤い花が咲きほこって、もうすぐ夏本番に向かう爽快な季節が光り輝いていた。

「イサチはそんなに思いつめてるのかなあ」

ナシメ君はいった。

「分からないわ。私の単なる思いすごしかもしれない。でも、ずっと前から、海の向こうに今でもサハーがあるっていうことは何度もいってたわ。それに、サハーに行きたがってることも確かだし」

「みんなが不幸であるような国にあこがれるってのも、変な話だよね」

「そうねえ。単に、大海原の向こうまで行きたいだけなのかもしれない。もしも私が鳥だったらって、詩にも書いてたぐらいだから」

私は、いろんなことを思い出した。

「とにかく、イサチが些細なことで疑心暗鬼になったり、神経過敏になったりするのはかわいそうだ。こういうことって、どんどんエスカレートして精神を圧迫しちゃうからね。まあ、軽い心の病だと思った方がいいかもしれないいな」

そういって、ナシメ君はしばらく考えていたが、やがて、決心したようにいった。

「イサチには鎮静剤を飲ませた方がいいと思う。ぼくの手元に効果抜群のいい薬があるんだ。イサチの好きそうな甘い桃にしみ込ませておくから、黙って食べさせるといいよ」

私は黙ってうなずいた。ナシメ君がいざという時頼りになることは、昔からいつもそうだったし、私が彼に頼りきりなのも、昔のままだと思った。

三日後、赤い桃と白い桃の入った小箱が配達されてきた。「幸福の桃の実をお送りします。イサチには薬の入った赤い桃を食べさせて、ナミちゃんは白い桃を食べるようにして下さい」ナシメ君の添え書きにはそう書かれていた。

その日の夕食のデザートに桃の実を出すと、果物の好きなイサチは喜んで食べた。いうまでもなく、サハーについて彼が話題にすることは、それ以後、全くなくなった。もちろん、イサチがサハーに密航したがっているというのは、すべて私の憶測だったから、もともと心配する必要がなかったのか、鎮静剤のおかげで心配しなくてよくなったのか、私には区別がつかなかった。

4

それにしても、イサチがサハーにあれほど行きたがっていたことを、私は理解しようと努力しながら、どうしても理解できなかった。もしもこの世界から抜け出し、移住するとすれば、それは第二エデンの方だといつも思っていた。

第二エデンにはナギ君がいるはずだった。女の子は二人の人を同時に愛せないといわれるが、私にとって、ナギ君とイサチは別人格ではなかった。ただ、それでも、一方がエデンにいてもう一方が第二エデンにいるということは、悲しい矛盾だった。いとおしい二人の男の子が、決して同時には現れず、いつも必ず別人格として振る舞っていることに、まるで一枚の紙の裏と表を見るようなはがゆさを覚えた。最初は小さなわだかまりだったが、いつの間にか心の中の大きなしこりになり、最近では、そのために窒息しそうな苦しさを感じることもあった。もしも私とイサチが第二エデンに瞬間移動できたら、その時は、今よりも幸福な環境で、何の矛盾もなく三人（というか二人）は同時に暮らせることになる。それこそベストじゃないかと、切ないぐらい思うようになった。

けれども、第二エデンへの移転は予測のつかない瞬間移動でしかありえない。つまり、そこへの移転を意図的に起こす方法はなく、私の願望は虚しい夢でしかない。だから、こういう他愛もない妄想を、私が人に語ることは決してなかった。少なくとも、あの夏の美しい午後、ふと心を許してスキトモ君にしゃべった時までは。

その日も、外の木立ちの真っ赤な花は、いつの間にか数を増やして、狂ったように咲き誇っていた。イサチが頼んだダンスのビデオを届けてくれたスキトモ君と私は、サロンの中に座り、二人だけで向き合っていた。

「いやあ、今日は夏らしいミニスカートですね。本当にナミさんは、ぴったりした服でもゆったりした服でも、何を着てもお似合いです。こんな素敵なパートナーと毎日一緒に暮らせるんですから、イサチさんもきっと幸せでしょう」

スキトモ君は、いつものようににこにこしていった。年上の私に、こういうあからさまなお世辞が平気でいえるのは、いったいどういう性格なんだろうと思った。それでも、歯の浮くようなお世辞だと分かってはいても、それなりに気持ちがなごんで、イサチと第二エデンに移転する夢を、思った通りにしゃべってしまった。

「それは難しいことです。第二エデンはこの島よりずっと満ち足りた場所だと聞いてはいますが、いつ瞬間移動できるかはあらかじめ予測できませんから」

分かりきったことを、今さらのようにいわれ、私は少し気恥ずかしくなった。

「でも、ここだけの話なんですが、第二エデンに瞬間移動する確率を高める方法はあるんですよ。最近、町の研究所で開発された新薬なんです。どれほど効くかは全く保証できませんが、もしかしたら、今すぐにでも第二エデンに行けるかもしれません。本当にここだけの話ですけど、実は私はそれを持ってるんです。後日、ナミさんに送ってあげますから、一度ためしてみてはどうでしょう。ついでに、黙ってイサチさんにも飲ませてあげたらいいと思いますよ」

そういって、またにこやかに笑った。窓の外ではにわかに風が吹いて、赤い花びらが一枚、風に舞い上がり、ゆっくりと落ちるのが見えた。

三日後、赤い桃と白い桃の入った小箱が配達されてきた。

「例の薬をしみ込ませた禁断の桃の実をお送りします。イサチさんの分とナミさんの分と両方入れておきます。どちらがどちらをお食べになっても構いません」

スキトモ君の添え書きにはそう書かれていた。

5

私は黒いラバースーツに身を包んで、浴槽の中に座り込み、頭からシャワーを浴び続けた。このシチュエーションは夢の中なんだろうか、それとも現実なんだろうか。とりあえず、そんなことはどうでもいいと自分にいいきかせた。シャワーのお湯はいつもより熱めにしてあって、もうもうと湯気が立ち上がっていた。髪の毛からお湯がしたたり、服の中にも熱いお湯が流れ込んで、全身を浸していった。しばらくすると、記憶にある通りの妄想が予想通り現れ、みるみるうちに形を整えた。

私は自分が頭がいいと思ったことはなかったが、これほど何もかもがはっきり分かってしまうとは驚きだった。ただ、それはあまりにも信じがたい真相だった。本気で信じる気には到底なれなかったが、それにしてもあまりにも明晰で、複雑なところまではっきり筋が通っていた。

部屋にもどったら、着替える前に、今回もノートに書き留めておこうと思った。とはいっても、それをいったいどうすればいいのか、私にはまるで分からなかった。

第三幕

シーンB

喫茶エデン　揺れる思い

1

暑くて長い夏休みの間中、隆志と武瑠の二人のことを、交互に思いながら過ごした。アルバイトに精を出す以外、どこかに遊びに行くこともない平凡な毎日だったが、一枚のカードの裏と表のように一人ずつしか愛せないことが、どことなく切なかった。しかもそれが、時とともに次第に息苦しくなっていった。実際、一人のことを考えると、必ずもう一人のイメージが現れ、私の心を反対側に引き戻した。

隆志とは同居していたが、武瑠とは一度しか会っていない。でもそれが、私の気持ちを次第に武瑠の側に傾かせる原因になっていた。

九月になり、大学の授業が始まり、残暑がようやく和らいできたころ、隆志の両親が上京して下宿を訪問することになった。内緒の同居人である私は、そのため数日間、自分の下宿に戻らなければならなくなった。

三日ほどたっても、隆志から電話がかかることはなかった。両親が田舎に帰る日になっても、何一つ連絡はなかった。その次の日の夜、夢の中に隆志が現れ、見慣れた下宿の玄関口に立って、「さよなら」と悲しげに手を振り、目を伏せて扉を閉ざした。

夜が明けて夢だと分かると一瞬安心したものの、それでも、密かな不安を抱えて私は学校に出掛けた。

講義が始まると、しばらく不安は紛れたように思えたが、途中からまた隆志のことを考え始めた。二時間目も講義に出席したが、最初から不安は消えなかった。昼休みに学食で昼食を食べ、友達としばらく話をして、ある程度気が晴れたと思ったが、午後になるとまた不安になった。図書館で本を読みながら、このまますぐに家に帰ろうか、家に帰って、隆志から電話がかかるのを待っていようかと思い続けた。でも、それも無駄なような気がしてきて、今すぐ隆志の下宿にかけつけたいと思い始めた。

三時からは「生命倫理学」のゼミの時間だった。しかし、私は熱病に耐えるように、じっと不安に耐え続けた。ゼミが終わると外はもう夕暮れの気配だった。急いで学食で夕食をすませて、アルバイト先の喫茶店に向かった。仕事の時間は八時までだったが、不安からの攻撃はまるで拷問のようで、外が真っ暗になるともう我慢できなくなっていた。

マスターに「気分が悪い」というと、気前のいいマスターは、「今日はお客も少ないし、早めに帰りなさい」といってくれた。私は、取るものも取り合えず、店から走り出していた。

「隆志はもういない」という不吉な思いが確信になりかけていて、すぐに隆志の下宿に電話を入れようと思ったが、こんな時に限って、なかなか公衆電話が見つからなかった。鞄に入れて持ち運べるような電話があれば、どんなにいいだろうと、バカなことまで考えてしまった。

夜道をころがるように走り続けて、ようやく隆志の下宿の近くに着いた。見慣れた街の風景が安心と不安を同時にかき立てた。

その時、公園の街灯の光の中に、向こうからゆっくり歩いて来る人影が見えた。初めは誰か分からなかったが、途中から私は駆けだしていた。冬物の厚手のシャツを着て、ボサボサの頭をした隆志だった。

「隆志」

私はつぶやいて、腕にしがみついた。

「夏風邪ひいちゃってさあ。おとついからホントに悲惨だったんだ。やっと出歩けるようになって、今、ソバ屋で晩メシ食べて来たとこだよ」

隆志はさりげなくいった。私は力一杯隆志の腕にしがみついていた。

「そう、それは大変だったね」

流れる涙に気づかれないように、こちらもさりげなく答えた。

2

久しぶりに隆志と一緒に朝まで過ごして、私は満足だった。次の日も隆志は、風邪を直すために学校もアルバイトも休むといい出し、私も、今まで通り、仲のいい同居人として一緒にいてあげることにした。

これといってやることもない隆志は、書きかけのSFの原稿を取り出し、読み返し始めたので、二人の会話は自然と「楽園物語」の話題になった。

「主人公の女の子は、自分が監視された種族だってことを自発的に悟るんだよね」

私はいった。

「そうだよ。守護者たちはタカミ神族に対していつも完璧だから、絶対ボロを出したりはしない。少女は完全に自発的に、秘密を悟るんだ」

「自発的に悟るって、どういうふうに？」

「ある状態、たとえば、冷たい水に入るとかタイトな服で締めつけられるとか、そういう特殊な状況になった時に、いきなり意識が高揚して、何もかもが分かったように思えるんだ。自分が周りの人と全く違う存在で、知らない間に、ずっと特別な扱いをされてきたんだってことをね」

「全く突然、悟るわけ？　そんなことって、ありえるのかしら」

「経験ないかなあ」

「思いっきり頭を強く打ったら、ありえるかもしれないわ。でも、私は経験ないし」

「確かにぼくも経験ないけど、あってもおかしくないと思うな。でも、守護者が完璧だっていうことは、タカミ神族に対してだけのことだ。彼ら自身のチームワークに乱れが起きないわけじゃない」

「守護者同志が争うわけ?」

「そうさ。小説にしてもドラマにしても、物語には葛藤がないといけないんだ。だから必ず途中で、裏切りとか対立が起きるし、平和な楽園の中でも、守護者の間に裏切り者が現れる。人格異常者といってもいいし〝堕天使〟といってもいい。それで、守護者同士の抗争になって、裏切り者は最後は淘汰されるんだけど、そうした一部始終は、主人公の少女には一切知らされないんだ。ただし、少女自身は後になって、真相をそれとなく、自発的に悟ることになる」

「水につかりながら?」

「そういうこと」

「でも、裏切り者って、どんな悪いことを仕出かすわけ?」

「前にもいったように、守護者たちは、タカミ神族に幸福な一生を送らせることを使命と考えてる。もしもタカミ神族が重病になったり、情緒不安定になって守護者のいうことが信じられなくなったり、とにかく幸福ではいられない状況に陥った場合は、やむをえず、彼らを処分しなければならない。もちろんそれは、そういう場合だけのやむをえない措置だ。ところが、狂った裏切り者は、タカミ神族を処分することを自己目的化してしまうんだ。それで、処分のための薬を〝禁断の果実〟にしみ込ませて、それとなくみんなに配って歩いたりする。普段からタカミ神族に精神安定剤を飲ませることはあるから、それと一見、見分けがつかない」

「こわいのね。そういう裏切り者って、外からは普通にしか見えないんでしょ?」

「もちろん。普通どころか、他の守護者よりも、かえって愛想がよかったりするんだ。それに、タカミ神族は、処分された者も含めて目の前からいなくなった人はみんな、もっとハイレベルな超・楽園に移動したと教えられてる。だから、タカミ神族の中には、自分も早く、親しい仲間を連れて超・楽園に移りたいと思う者もいる。そういう者のところに、裏切り者はすぐに現れて、禁断の果実を置いて行くわけさ」

「ひどい悪党ね。そんな悪いやつ、さっさと誰かに退治されたらいいんだわ」

そういいながら、私は、隆志のイマジネーションにすっかり感心していた。

3

次の日、隆志の体調はかなりよくなったので、私は一人で学校に向かった。秋も深まっていたせいか、最後の授業が終わると辺りはすっかり暗くなり、空には星がまたたいていた。隆志は多分、アルバイトに出掛けたはずなので、人恋しさに駆られ、私の足は自然とエデンに向かった。エデンに続く広い商店街はいつも以上に人影が少なく、秋風が吹き抜けて閑散としていた。武瑠に会うかもしれないと思い、エデンに行くのは当分やめようかと思ったが、それほど深刻に気にする必要もないと思い返して、結局、歩き続けた。

喫茶エデンの入口には、今日も「貸切り・アイヴォリータワー御一行様」の札が下がっていた。しかし、風雨で黒く汚れ、心なしか斜めに傾いているように見えた。


ドアを開けると、自称〝部長〟の由紀夫君と武瑠の二人がテーブルを囲んでいて、他には誰もいなかった。一瞬気まずく思ったが、二人は何事もないかのように私をやさしくテーブルに招き、仲間に入れてくれた。

前回会った時の武瑠は、神秘的な美少年である上に、あたり構わぬ傲慢ぶりだったから、無教養な私などが到底近づいて話せる相手ではなかった。でも、今夜の武瑠は、物腰も意外に穏やかで、哲学など全く分からない私にも、いやがることなく親切に教えてくれた。

「さあ、一人増えたところで、この前の復習から始めようじゃないか」

部長がいいながら、先日と同じように、サービスメニューを書き込むホワイトボードをテーブルの上に載せた。

「いいだろう。この前いったことは、要するに、世界の価値を二段階で定義できるってことだ」

そういいながら、武瑠は細いマーカーでボードに書き込んだ。

A　価値とは個々の瞬間における快である。より高度な快は、より高い価値を意味する。
B　世界全体の価値とは、その世界の快の総体である。

「Aは、おれたちの一瞬一瞬の意識に内在する快が、価値の本質であることを示す。その上で、低いか高いかという『快の水準』が、価値の高さを示す一本の尺度だ。もちろん、不快はマイナスの快として扱う。それに対してBは、そういう意識をありったけ集めた場合の快の総体が、世界全体の価値を表すという意味だ。なにしろ、一つの世界にはたくさん生物がいるし、何億年という時間の広がりもあるから、膨大な数の瞬間的意識がそこには含まれる。だから、一つ一つの瞬間的意識の快の水準と、そうしたものがどれほどあるかの、二種類の量を総合して世界全体の価値が定義されるってわけだ」

タテ座標とヨコ座標、その上に広がる図形の面積。昔、数学で習った二次元空間をぼんやり思い浮かべた。

4

「それじゃあ、とりあえずAとBに分けて、順番に疑問を出していこう。まずはAの方からだ」

部長がいった。

「価値とは個々の瞬間における快である。より高度な快は、より高い価値を意味する」

部長はゆっくりと復唱した。

「まず第一の疑問は、価値の高さが、快の高・低という一本の尺度で本当に決まるのかってことだな。たとえば、快には、高・低だけじゃなくて、もっと質的な違いもあるんじゃないか？価値の高さが快の高・低だけで決まるなら、寄席で大笑いしてる時が最も価値の高い状態だってことになる。しかし、クラシック音楽を聴くとか、高尚な文芸を鑑賞するとか、そういう時の快は、もっと別の尺度で評価されていいはずじゃないか？」

「なるほど。いかにも、よくある疑問だぜ。もっとも、お前がそれほど高尚な人間だったとは、今まで気がつかなかったけどな」

武瑠が今日も毒づいた。

「だが、おれの考えでは、一瞬の意識における価値の高さは、快の高・低だけで決まるんだ。たとえば、ハードロックを聴く時の快とバッハを聴く時の快を比べた場合、ロックの快は単に高いだけだが、バッハの快には質的な深みがある。だから、価値の高さは一つの尺度じゃ決まらない。お前は、そういいたいんだろう？　だが、それは間違いだ。ハードロックの快は爆発的な感じがするし、バッハの快は深みがあるように感じるだろうが、そういう性質の違いはあっても、ある一瞬に関して、両者を快の高・低で比較することは十分可能だからさ」

武瑠はあっさり断言した。

「問題があるとすれば、一瞬の快はハードロックの方が上だが、バッハの方が飽きが来にくいというような点だろう。しかし、それは快の持続時間の問題だから、一瞬どうしの比較では無視して構わない。それに、こうもいえる。ハードロックを初めて聴いた時の感動は、バッハを初めて聴いた時の感動よりも低いとは限らない。しかし、いろんな音楽を聴いた後で、ハードロックとバッハの両方を聴けば、おそらくバッハの方により高い快を感じ、ロックの方は大したことないと思うに違いない。『バッハの側に質的な深みがある』というのは、そうした、おれたちの側の、好みの変化が原因なんだ。しかし、何に対してどれほど快を感じるかという『好み』は変化しても、価値が快の高・低だけで決まること自体は、何も変わらない」

話が段々ややこしくなってくるように思った。

「それじゃあ、聞くけど」

部長は話題を変えた。

「はっきりした意識の中で『千円拾った』ことを喜ぶ場合と、居眠りしながら『十万円拾った』ことを喜ぶ場合とを、快の高・低だけで比較できるか？」

「もちろんできるさ。ほどほどの内容でも、意識自体が強ければ高い快になるし、極端な内容でも、意識自体がぼんやりしていれば低い快になる。どっちにしても、快の高・低だけで比較は十分可能だ」

相変わらず、武瑠は余裕綽々で断定していった。


「あのう」

私は、恐る恐る尋ねた。

「哲学者って、いつも悩んでるんですか？」

意表を突くような質問かもしれなかった。

「見ての通り、武瑠に関して、それはありえないよ」

部長があざ笑った。

「それは、おれが天才であるという特殊事情のせいだ。哲学者全般を見れば、確かにくだらないことで年中悩んでるやつは多いな。たとえば、自分はなぜ『この自分』であって、他の人間じゃないのか、とかね」

「それじゃあ、哲学者は、武瑠さん以外は大抵悩んでるんですね。それに比べて、動物は幸福ですよね」

「少なくとも、哲学者みたいに悩む必要はないからな」

「でも、もしも悩み多い哲学者と幸福な動物のどちらに生まれ変わりたいかと聞かれれば、大抵の人は哲学者に生まれたいというと思うんです。快の大きさは動物の方が大きいのに、みんな哲学者を選ぶのは、快以外の価値を認めてるからじゃないでしょうか」

私は一気にしゃべった。

「その話はぼくも聞いたことがある。確か、ソクラテスと豚のどっちになりたいかって話だった」

部長がいった。

「豚は幸福なのか？」

武瑠が聞き返した。

「一応、幸福だろう。エサもタダでもらえるし、仕事しなくていいし。綾香だったら絶対、幸福な家畜の方を選ぶと思うな。もっとも、綾香は豚よりもシャム猫の方が好きだが」

「そんなことはどうでもいい。まあ、家畜にしても、屠殺されて焼き肉になったり、泥だらけの場所で一生囲われてるのを見ると、あまりうらやましいとは思えないな。でも、愚かしい哲学者に比べれば、悩まずに生きられるという意味で、快の総体は大きいと仮定しておこう。問題は、そこまで仮定しても、多くの人は家畜に生まれるより哲学者に生まれる方を選ぶだろうってことだ。しかし、そこから、哲学者には快以外の価値があると認めてしまっていいんだろうか。おれはそうは思わないけど、指摘自体はすごくシャープだと思う」

武瑠がいうのを聞いて、私は思わず顔が熱くなった。これが、武瑠と初めて対等に会話した瞬間だったからだ。

「そもそも、幸福な家畜より不幸な哲学者に生まれ変わりたいという時、人々はいったい何を考えてるんだろう？　自分が実際に家畜や哲学者になって生きていくことを真剣に考えてないんじゃないか。つまり、単に外側から、他人事として、家畜と哲学者を見比べて、哲学者の方が好きだっていってるだけじゃないのか。赤より黄色の方が好きだというようなもんさ。そういうノリでいけば、自分はドラマで悲劇を見るのが好きだから、悲劇の主人公になってみたいということもありうる。しかし、愚かな連中がそんなことをいったとしても、苦痛しかない悲劇の人生にまともな価値があるとは到底思えない」

武瑠の説明を聞きながら、私の頭は、まだぼんやりしたままだった。

「確かに、そうなって生きることを真剣に考えずに、外側から見たイメージだけで何かに憧れることは多いと思うな」

部長も、珍しく武瑠に同調した。

「そうさ。だから、悲劇の英雄や、悩んでばかりいる哲学者に憧れるなんて、本当はナンセンスなんだ。美食家にあこがれるのも同じことさ」

「なんで美食家なんだよ?」

「美食家とは、おいしくない料理を普通の人よりもたくさん知ってる人間のことだからさ」

そういって、武瑠はにやりと笑った。

「とにかく、一瞬一瞬の意識に内在する快と不快だけが、価値の基準なんだ。道徳的な善・悪が、それだけで価値にならないことは、この前、話した通りさ。善・悪だけじゃなくて、目的とか意志なんかも、それだけでは価値にならない。目的とか意志は、どういう場合におれたちが快を感じ、どういう場合に不快を感じるかを決める〝対応表〟に過ぎないからだ。その上、目的に向けた行動が実現しても、快を感じないことだっていくらでもある。たとえば、朝、眠い目をこすりながら、行きたくもない学校に行くために駅に急いでる子どもは、確かに目的に向けて行動している。しかし、駅に着いたからといって別に嬉しいわけじゃない。信号にひっかかって足止めされれば不快だろうし、信号がやっと青になれば、一瞬だけだが快を感じるだろう。そうした快と不快の一瞬一瞬の感覚が現実の価値であって、後は単なるダレきった日常に過ぎないというわけさ」

武瑠はますます饒舌にしゃべり続けた。

「それに、おれたちが何かの目標を追求し、それが実現したとしても、そのことを認識できなければ、快にも価値にもなりえない。逆に、快はそれ自体が価値だから、何によって快を得るかは、そもそも問題にならないだろう。たとえば、金もうけや出世競争は、いかにも俗悪で、終わりがないし、手段でしかないことを目的だと勘違いしているように見える。しかし、その過程が現に快を生み出すならば、他に弊害が生じない限り、否定的に考える必要はないということだ。もちろん、恋をすることや世の中の役に立つことで快を得る場合もあるから、快に結びつく経験はそれこそ千差万別だ。快だけが価値だというと、何かものすごく貧困で利己的な価値観のように思うやつもいるが、それこそ、どうしようもなく低能な誤解だということさ」

5

「でも、一口に快といっても、おいしい物を食べる快と、恋をする時の快と、バラの花を見て美しいと思う時の快じゃ、中身がかなり違うんじゃないか」

部長が、また話題を変えた。

「食べ物だけをとっても、カレーとステーキとワインじゃ、おいしさの中身は大幅に違うし、ワインだって、モーゼルとシェリーとレッツィナは全然味が違う。そういう中身の違う意識内容を、快の高・低という一つの基準で、本当に序列化できるんだろうか?」

「これといった対象のない、気分的な快もありますよね」

私も付け加えた。

「なるほど。みんな、なかなか疑い深いようだな。でも、ワインを飲む快とバラを見る快とがはっきり序列化できないなら、その時は、『快に関して同等』と思えばいいんだ。一方で、こういう例も考えてみてくれ。ものすごくまずいワインと、ものすごく綺麗なバラがあるとする。各々を知覚する時の快のレベルは、序列化できると思うか?」

「もちろん、できると思います」

私は答えた。

「そうだろう。だから、バラの姿とワインの味も、快の高・低だけで序列化できるのさ。はっきりしなければ『同等』にしておけばいいだけのことだ」


「でも、一つ質問なんですけど」

とっさに、私は武瑠に話しかけた。

「まずいワインと綺麗なバラとを同時に知覚したらどうなるんですか? まずいワインは不快だし、綺麗なバラは快ですから、『不快でかつ快』っていう矛盾した意識になったりしませんか?」

思いつくまま、夢中でしゃべった。

「それもそうだな。そんな矛盾した意識なら、互いに比べることもできない」

部長も相づちを打った。

「いい指摘だと思うぜ。でも、快と不快は、ある瞬間の意識全体に対して成り立つものさ。だから、それだけなら不快を感じる腐ったワインと、それだけなら快を感じる真っ赤なバラとを同時に体験すれば、ワインの味やバラの色はもとのままでも、快と不快は脱色されてるはずだ。それで、全体として一つの快・不快、この場合なら、ほどほどの中間レベルの快か、または、短時間で微妙に揺れ動くような快・不快が現れると思う。もしも、ワインのまずさの方が圧倒的であれば、全体の印象も、当然不快に傾くだろう。いずれにせよ、『不快でかつ快』みたいな矛盾した感覚は起こりえないとおれは思う」

武瑠は、滔々と語った。

「不快と快が同居するように思えてしまうのは、多分、こういう場合だ。たとえば、腐ったワインと真っ赤なバラを同時に体験したことを、後から思い出すような場合さ。ワインは腐っていたと思い出すことで『不快だった』と思い、バラは真っ赤だったと思い出すことで『快だった』と思う。その結果、快と不快が同時にそこにあったかのように錯覚してしまうんだ」

私は、武瑠の頭のよさに改めて感心した。

6

「それじゅあ、Aの方はこれぐらいにして、Bの検討に移ろうか」

部長が宣言し、ホワイトボードに書かれたBの内容をゆっくり読み上げた。

「『世界全体の価値とは、その世界の快の総体である』。いよいよ世界全体の価値を定義する段階だな」

「そうだ。ちなみに、瞬間的意識における快は高・低で区別するが、多数の瞬間を含んだ快の総体は大・小で区別する。ただし、その前にいっておくことが二つある」

武瑠はにわかに改まった。

「一つは、おれたち生物の瞬間的意識は無数に存在するが、世界全体というものは、もしかしたら、この宇宙に一つしかない運命的なものかもしれないってことだ。そうなると、世界全体の価値を論じてもあまり意味がない。世界全体の価値を論ずるというのは、世界を二つ以上に分割するか、または、世界のあり方のいろんな可能性を考えるかして、複数の世界を比較する場合に意味があるんだ。だから、世界全体の価値をどう定義するかは、世界と世界を価値的にどうやって比較するかの問題に置き換えていい」

「なるほど。楽園と俗世間の比較も、世界と世界の価値的な比較ってわけだ。それで、もう一つの前置きは何だ?」

「世界の価値を考え、別の世界と比較する場合に、問題になるのはあくまで〝全体〟だってことさ。つまり、世界の中にいる個々人の区別は問題じゃない。たとえば、A氏の快を高めてもB氏の快を高めても、世界全体の快の総体としては同じ結果になる。さらにいえば、A氏の瞬間的意識二つ分の快を高めても、A氏とB氏の瞬間的意識一つずつの快を高めても、世界全体にとっては同じことだ」

「ということは、個人の平等にこだわる必要は必ずしもないってことか?」

「その通り。もちろん、世の中がものすごく不平等になって、一部の者が強い不満を感じれば、その分の不快は、世界全体の快を縮小させる。だから、そういう点は配慮しないとダメだし、快を生み出すための資源の分配もなるべく平等な方がいい」

「資源というのは、金とか財産のことか?」

「それだけじゃないけど、そう考えてもいい。金をたくさん持ってる者とあまり持っていない者とに、各々千円を与えれば、すでにたくさん持ってる方は、あまり快を高めないだろう」

「収穫逓減の法則ってやつだな」

「だから、新しく資源を与えるとすれば、あまり持ってない者に与える方が、快の総体は拡大する。そういう点は確かに配慮すべきだが、しかし、それらを除けば、不平等であること自体が必ずしも悪いとはいえないんだ」

武瑠はそういって、もう一度ホワイトボードをテーブルに立てた。

「前置きはこのぐらいにして、本題に戻るとしよう。世界全体の価値とは、その世界の快の総体だ。しかし、世界Aと世界Bを価値的にどうやって比較するのか、そこが問題になる。世界Aには一定の数の瞬間的意識が含まれ、世界Bにも一定の数の瞬間的意識が含まれる。その各々は、どれをとっても一定レベルの快または不快を伴っていて、それらの間には、同等または高・低の序列がはっきり存在している。たとえ実際に比べるのは難しくても、少なくとも、神の目から見ればはっきり序列化されてると考える。こうした前提のもとで、さあ、二つの世界の価値をどうやって比較する？」

「まず、世界Aの快と不快を全部足して、それから、世界Bの快と不快も全部足して、その上で、両方のレベルを比較する」

部長がいった。

「なるほど。しかし、足し合わせるためには、たとえば、レベル3の快の二回分とレベル6の快の一回分が同等であることが必要だ」

「3足す3は6だからな」

「それは言い換えれば、『0と3』の間の差と『3と6』の間の差が、同等だっていうことだ。逆にいえば、差と差とが、絶対的なレベルは違っていても、等しい大きさだといえる場合に、そうした差を一つの〝単位〟と考えて、快の数値化と足し合わせが可能になる。でも、それは、本当に可能なんだろうか?」

考えたこともない指摘で、部長もとっさに言葉が継げなかった。

「第一の難点はこういうことさ。絶対的なレベルの異なる差と差が、互いに等しい大きさであることを確認する方法がない。それらを、より目の細かい別の物差しで確認しようとすれば、その物差しの目盛りがすべて等しいことをまた確認しなければならない。これはキリのない作業だ。このことを別の角度からいえば、次の第二の難点になる」

ゆったり間を置いてから、武瑠は話し続けた。

「たとえば、今、A・B・C・Dという四つの意識があって、この順番で、前のものほど快のレベルが高いとしよう。その上で、『A~B』の差と『C~D』の差とが同等の差だと仮定し、それを快の尺度の一目盛りと考える。問題は、そうした仮定が本当に可能なのかということさ。仮に、一本の糸の上にA・B・C・Dという四つのマークをつけて、線分『A~B』と線分『C~D』をハサミで切り取り、重ね合わせて長さが等しいことを確かめろといわれれば、それは簡単に実行できるだろう。しかし、快のレベルというのは、そういう、位置を変えても意味の変わらないような『糸切れの長さ』とは違うんだ。なぜなら、快のレベルとは、まさにこの場合の『位置』そのものだからさ。つまり、感覚される快とは、常に必ず、ゼロレベルからの高さの快であって、『レベルCから上だけの快』なんて、およそナンセンスなんだ。そうである以上、『A～B』の差というものを仮に考えたとしても、『C～D』の差に重ね合わせることは原理的にありえない」

こちらが茫然としているのを見て、さらに畳みかけるように話し続けた。

「同じように考えれば、水が0度から10度になる場合の熱さの変化と、80度から90度になる場合の熱さの変化も、重ね合わせて比べることはできない。やけどするような高レベルの80度や90度には、低レベルの0度や10度にはない新しい質が生じてるわけだからな。おれたちにできることは、〝熱さ〟そのものじゃない温度計の針の移動距離や、カロリーの数値にそれらを置き換えて比較するだけだ。しかし、快そのものに関して、そうした便利な指標は考えられない」

「ということは」

部長がいった。

「一つの世界の快と不快を足し合わせることはできないわけか！」

「そういうことさ。そこまで分かった上で、最初におれがいった定義Bをもう一度思い出してみろ。『世界全体の価値とは、その世界の快の総体である』。『快の総体』とはいっても『快の総和』

とはいってないだろう。そういう細かい所まで、ちゃんと気を使っておれは定義してるのさ」

「じゃあ、いったいどうやって世界Aと世界Bの価値を比較するんだ？」

「それには、まだまだ工夫が必要だ」

そういいながら、武瑠は得意気に顔をほころばせた。

議論はますます深まっていくようで、私は、自分の悪い頭をフル回転させなければならなかった。そうしながらも、武瑠の美しい顔を、まるで〝魔〟に魅せられたようにじっと眺め続けた。

そして、ふとあることに気づいて、私は思わず背筋が寒くなった。哲学に夢中になっている間に、この世界が明らかに狂い始めていることが、はっきり分かったように思った。なぜなら、今ごろ、この店からあまり遠くない温かい下宿の部屋で私を待っているはずの、もう一人の恋人の名前が、まるで思い出せなくなっていたからだ。

第四幕

シーンA

エデンの浜　独我論的体験

1

真夏の生暖かな風が、ほのかな潮の香りを海から運んでくる。見渡すと、ヨットハーバーに繋がれた無数のヨットに人影はほとんど見えず、わずかな波音を除けば、辺り一面が真昼の静寂に支配されているように思えた。

海岸道路にバイクを停めて海沿いをしばらく歩いた後、カフェ「ニルヴァーナ」のテラス席に向かう石段を、勢いよく駆け上がった。ダンススクールから黒いラバースーツを着たまま出掛けてきたので、まばゆい陽光の中にいるとすぐに汗ばんできたのが分かった。年とともに、自分の体型も少しずつ変化していたかもしれないが、少女のころと同じ服装でいられることに、私はいつも満足していた。

テラス席を見渡したが、今日のお目当てのマキナさんはまだ来ていなかった。マキナさんと仕事場以外で会うのは初めてだったが、お気に入りのカフェで思う存分話ができると思うと、まるで子どものようにワクワクしてしまった。とりあえず海に面した風通しのよいテーブルに席を取り、最近好物になったばかりのママレードのケーキと薄味の紅茶を注文して、待つことにした。

この店のすぐ隣は、海鮮レストランの「サーガラ」だった。いつもここに来ると、サーガラのテラス席に自然に視線が向いてしまった。それでも、サーガラに食べに行こうとは決して思わない。三十年前、そこでイサチやナシメ君やスキトモ君と食事をした思い出が、あまりにも生々しく心に焼きついていたからだ。

2

「今回のドラマは、虚構と現実の入れ代わりがテーマなんだ。つまり、明らかに虚構だった世界がしだいしだいに現実の側を飲み込んでいって、そこにぞくっとするようなミステリーが浮かび上がる」

イサチは、おいしそうに朝食の桃を頬張りながらいった。

「詳しいことは、上演を見てのお楽しみさ。ぼくにとっても、今までにないようなハイレベルの自信作なんだ」

そういって、目を輝かせた。

「ずいぶん難しそうな話じゃない。私に分かるかしら?」

「演出のオオトモたちも必死でがんばってる。誰が見ても絶対、面白いって!」

そういいながら、Tシャツの上にジャケットを着込んだ。

「今夜は劇団のみんなと町で会食だから、夕食は用意しなくていいよ」

そういって、いつものように冊子のいっぱい入ったナップザックを肩に掛けた。

「OK。気をつけて帰ってきてね」

「ああ、分かった。もしも遅くなったら、先に寝ていてくれ」

にこやかに口づけをかわし、勢いよくサロンの扉を開けてイサチは出ていった。バイクの遠ざかる音が木立ちの向こうから聞こえ、私は朝の光のなかでうっとりと幸福をかみしめた。それが、このエデンでイサチを見た最後の朝だった。


劇団のメンバーとの会食では、深夜どころか朝帰りになることもたびたびあったから、その夜、イサチが帰宅しなくても何も心配しなかった。翌日、ゆったりと朝寝をし、起き上がって家の中を探したが、イサチは帰っていなかった。

昼過ぎになって、ナシメ君が蒼白い顔をしてやってきて、イサチが第二エデンに移転したらしいと知らせてくれた。それでも私は、何一つあせらなかった。何もかもが予定通りに進んでいるようで、これからのことが本当に楽しみだった。ナシメ君は、今まで見たこともないほど動揺し、言葉を尽くして私をなぐさめようとした。

「そんなに慌てなくていいのに」

私は心の中でつぶやいた。私だって、同じ禁断の桃の実を食べたんだから、もうすぐ第二エデンに移転できる。そうして、みんなで一緒に仲良く暮らせるんだ。そう思うと、思わず笑みがこぼれそうになった。

三日後、ナシメ君は移転したイサチの遺留品を手際よく整理してくれた。ただ、そのころになっても、私が第二エデンに移転する気配はなかった。明日こそ移転できると思いながら、何事もないまま毎日が通りすぎていった。禁断の桃の実は全部食べ尽くしていたが、スキトモ君がもう一度家に現れることはなかった。

待ち続けて何も起こらない日々が一週間になり、十日になり、やがて一ヵ月になった。しだいに不安が募っていったが、それを誰に相談することもできなかった。一ヵ月が三ヵ月になり、半年になり、やがて一年になった。自分が愚かしいことをしでかし、取り残されて一人になっていることを、ようやく受け入れようと思い始めた。実際、自分がイサチに対して何をしたのか、正直に話せる相手は誰もいなかった。

多くの人々が私をなぐさめ、気分を紛らわそうとしてくれた。私は、彼らのためにも、いつも幸福でいなければならないことをしだいに悟った。エデンは本当は「幸福の島」ではない。「幸福でいなければならない島」なんだとようやく気がつき、それを心に受け入れて、残りの人生を生きてゆこうと思った。

イサチがいなくなって五年たったころ、スキトモ君が第二エデンに移転したことを風の便りに聞いた。それからさらに五年ほどたって、幼なじみのナシメ君も第二エデンに移り、向こうでヒルメさんと仲良く暮らしているらしいとうわさに聞いた。

何もかもが大きく変わってしまったように思えたが、それでも私は、何事もなく、エデンの中の「幸福な生活」を続けていた。

3

外面的なことをいえば、私は、イサチがいなくなった直後から、ダンススクールのインストラクターになっていた。毎日のように自宅のサロンでイサチと踊っていた私は、その思い出を引きずりながら、来る日も来る日も生徒たちを教え続けた。

三十年の間に、多くの人との出会いがあった。ダンスに励む人々の姿に、イサチの面影を求めていたわけではないといえば、それはウソになる。その上、イサチが移転したという第二エデンの存在自体、今ではほとんど半信半疑だった。時々心に湧き起こる妄想が、そんなものは他愛もない虚構だと繰り返し私に告げていたからだ。

夢のように通り過ぎていった長い時間を、ぼんやり思い出すことが多くなったころ、思いがけずマキナさんと出会って、私の生活はもう一度活気を取り戻した。

私にとってのマキナさんは、第一には、ダンススクールの熱心な生徒だった。『アヌッタラヨーガ・タントラ』をマスターしたいと自分からリクエストし、努力の甲斐あって、現在では、最終章の一つ手前の「ヘーヴァジュラ」まで身につけていた。クシャナ・バンガ（刹那滅）というとても難しい表現技法も、あっという間にマスターし、水の中で踊る「プンダリーカ・スートラ」にも自分から進んで挑戦した。年のころは私と同じぐらいで、中肉中背だが豊満な体つきをしていて、長い黒髪と、いつも前向きな明るい表情が印象的だった。

レッスンの後で一緒に話をすることが多くなると、いろんなことが分かってきた。たとえば、彼女は、若いころからアマチュア劇団のメンバーとして活動していた。私のパートナーだったイサチもエデンにいた時はシナリオライターだったから、そのことは、いやが上にも私の興味をひいた。

マキナさんという名前も本名ではなく、役の名がもとになったニックネームだと分かった。サハーの時代から伝わる古典劇の中に、複雑なストーリーの終わり近くに登場して、謎解きをしたり、筋を方向づけたりする女神の役がある。その役名が「デア・エクス・マキーナ」で、マキナさんの名前は、その役を何度も演じたことから付いたものらしい。そういう劇を実際に見たことはなかったが、もつれた筋をきれいに解きほぐし、方向づけてくれる神さまには魅力を感じた。私の人生にも、そんな神さまがいてくれればどんなにいいだろうと、ふと思うことがあったからだ。

もう一つ、興味をひいたのは、マキナさんの境遇が、どことなく私に似ていることだった。幼い時の記憶は何もなく、いつも数人の親しい友達が自分の世話をしてくれる。どこにいても、みんな親切でにこやかで、いやな思いをしたことはほとんどない。そういう生活を、私は時として不思議に思うことがあったが、マキナさんは何も疑わず、それを当然のこととして、自分のやりたいことに専念していた。ただ、私のように特定のパートナーと暮らしたことはないようで、ずっと一人だけで住んでいると、いつも話してくれた。

「演劇のことは、あくまで趣味なのよ」

レッスンの後の雑談の時間に、彼女はそういった。

「プロフェッションは全然違う分野なの。おそらく想像はつかないでしょうけど」

そういわれて、私もにわかに興味を持った。

「アーティストじゃないってこと？　もっと知的な分野なのかしら」

「知的かどうかは分からないけど、実は私は心理学者なの」

外見からは想像もつかなかった。

「心理学者といっても、精神病の人を診察するような仕事はしてないわ。そんな大変な仕事じゃなくて、ただ、いろんな人にアンケートを出して、ある特殊な心理状態の経験があるかどうかを調べてまわってるの」

そういって、自分が書いたという論文の抜き刷りを見せてくれた（たしかそれは、「自明な自己からの目覚め」というタイトルだった）。ますます彼女の話に興味がわいてきて、ぜひ一緒に、気に入ったカフェでランチを食べながら、ゆっくり話を聞きたいと思った。普段は、ダンススクールの外で生徒に会おうとは思わなかったが、この時だけは例外だった。マキナさんは、彼女のスケジュールを確かめるまでもなく、二つ返事で私の誘いに乗ってくれた。

4

約束の時間ぴったりに、マキナさんは「ニルヴァーナ」に現れた。ダンススクールでも見たこともないような銀色のラバースーツに全身をつつみ、大きな髪飾りをつけた黒髪を風になびかせて、遠くから手をふった。いつも、「年のせいで、ミニスカートが似合わなくなった」と口癖のようにいってたわりには、意表をつく出で立ちだと思った。

一緒にランチを食べながら、いろんな話をしたが、話題は自然に、彼女の心理学研究のことになった。

「いろんな人が、よく似た不思議な体験をしてるのよ。みんな、普段は忘れて暮らしてるけど、きっかけがあれば思い出せるらしいの。たとえば」

そういって、身をのりだすように語り始めた。

「アンケートの中に、『自然や宇宙について、あれこれ考えたことがありますか？』とか『無限の時空の中で、今ここに存在していることを不思議に思ったことがありますか？』って、質問があるとするでしょ。そうすると、確かに子どものころにそう思ったことがあるって、結構、大勢の人が答えるのよ。『なぜ、私は私なのか。なぜ、私は他の人に生まれなかったのか。世界中のどんな人間にもなれたかもしれないのに、自分をこの私にするようにしむけたのは、いったいどんな力なんだろう』。そういうことを考えて深刻に悩んだっていうわけ」

「でも、私がこうしてここに存在するのは、昔からの因果関係で必然的にそうなってるんでしょ？」

私はいった。

「そうね。確かにナミさんという人間がここに存在することは、昔からの物理的な因果関係で説明できるかもしれないわ。マキナという人間がこうして存在することも、因果的に説明できるかもしれない。でも、他ならぬ自分が、その中の『マキナ』であって『ナミさん』じゃないのはいったいどうしてかしら？　それを考えると、結構、私も不思議に思えてくるの。つまり、私が私だっていうことに気づいて、その事実を、改めて驚くべきことだと感じる。そういう感じを、心理学者は『自我体験』って呼んでるのよ。そんな体験、したことないかしら？」

私は首をかしげた。

「それだけじゃないわ。他にも、もっと凄いケースがあるのよ」

そういいながら、さっと紅茶で喉をうるおした。

「『独我論的体験』っていうんだけど、十歳前後のころに、突然現れることが多いといわれてるわ。たとえば、こんな感じなの。『自分以外の人が、家族も友達もみんな、ロボットのような動く人形に思える。それで、私だけが本物の人間で、みんなが私を監視している。私が学校に行ってる間は家族は動いていないし、バスも電車も私が見ている間だけ走ってる』」

「へえ、凄いのね」

「他人は外見しか見えないから、自分と同じように意識があるかどうか疑い出せばキリがないでしょ。でも、普通は、みんな同じ人間で、同じように意識を持って、二十四時間普通に生きてると当たり前のように思ってるじゃない。そういう『自明な世界』が一瞬破れて、別の世界に放り出されるのが独我論的体験なのよ」

私は、思わず聞き入ってしまった。

「それから、こんな証言もあるわ。『自分がこの世でただ一つの実体で、自分の周りには円筒状のスクリーンがあると思う。自分が動くと、それに対応してスクリーンの画像も変わって、いろんな人物が登場する。視覚も聴覚も触覚もみんな幻想で、円筒の外には本当は何も存在しない。しかもそれを、誰かが上から見物してる。自分の愛する母や友人も、みんなスクリーンの上の偽りの映像に過ぎない』」

「心を持ったものは自分だけで、他はみんな動く人形か、スクリーンの上の映像なわけ？　それって、凄く怖いわね」

「うん。ただ、自分以外のものに心がないというのは、文字通りに取らない方がいいわ。さっきの例でも、『スクリーンに囲まれた自分を誰かが上から見物してる』とか、『みんなが私を監視してる』ってあったでしょ。他の証言でも、『宇宙の超越的存在が私をターゲットにして陰謀を企ててる』っていうのがあるわ。つまり、私一人が世界の中心で、世界がそこから拡がってることを覆い隠すために、他の人間らしきものを私に似せて意図的に作り出してる。それが、『宇宙の超越的存在』の陰謀だってわけ」

「そういう、隠れて監視するような存在はあっていいわけね」

「そうなの。だから、独我論的体験の肝心なところは、他人に心がないかどうかじゃなくて、自分だけがものすごく特別な存在だっていうことなのよ。だから、みんなが協力して、私一人に偽りの現実を見させようとしていると思えば、それも広い意味で独我論的体験といっていいわね」

「みんなは、何のためにそんなことするのかしら？」

「悪意なのか善意なのか、それは、独我論的体験にとっては、どっちでもいいことだわ」

そういいながら彼女は、吹き抜ける海風に乱された長い黒髪を掻き上げた。


独我論的体験。

その言葉を、繰り返し頭のなかで反芻した。確かに、それには心当たりがあった。いや、心当たりどころか、子どものころから今日まで、何度も何度も私に現れ、もはや私の人生の一部になっていたなつかしい記憶そのものだった。

マキナさんはそれに名前を与えてくれたのだ。やっぱり彼女は、もつれた筋を解きほぐし、方向づけてくれるドラマの中の神さま、「デア・エクス・マキーナ」なのかもしれないと思った。

私の独我論的体験は、今、自宅のドレッサーの引き出しに仕舞われた古いノートの中に眠っている。それには十代のころから克明に書き留められた妄想の数々が封印されていた。

そして、同じ場所には、もう一冊の新しいノートがある。自分の妄想をもとにして、数年前から書き続けている"物語"の原稿だった。それは、イサチがいつも行きたがっていた"不幸の国〟のサハーを舞台にしていた。私と別れ別れになる前、イサチはプロのシナリオライターとして、いろんなことを教えてくれた。ドラマの登場人物は境遇も性格もはっきりさせないといけないとか、ストーリーには対立や裏切りや葛藤がなければならないとか、観衆には分かっても主人公には分からない隠し事がないといけないとか。そういう定石をうまく盛り込めているかどうか、私には自信がない。それでも私は、まるでものに憑かれたように、一つの物語を書き続けていた。ただ、ストーリーは混乱し、迷走し、果たして一定の結末にたどり着けるのか？　今のところ、私には、それも自信がなかった。

第四幕

シーンB

喫茶エデン　狂った世界

「今、世界Aと世界Bを比較するとする。話を単純化するために、AにもBにも、瞬間的意識が二つしかないと仮定しよう」

武瑠がいった。

「本当は、もっとたくさんあるんですよね」

「そうだ。どの世界にもたくさんの生物がいるし、持続時間も何億年だから、瞬間的意識の総数は膨大なものになる。ただ、考えやすくするために二つしかないと仮定するんだ。意識1、意識2と番号を付けてもいい。次に、各々の瞬間的意識に快のレベルを与える。世界Aの中の意識1はレベル6、意識2はレベル3だ。一方、世界Bの中の意識1はレベル5、意識2はレベル4。それでは、世界Aと世界Bはどちらが価値が高いといえるだろう?」

私は、テーブルの上に指で図を描きながら考えた。

「意識1を比べれば、世界Aはレベル6で世界Bはレベル5だから、Aの方が一ポイント高い。意識2を比べれば、世界Bはレベル4で世界Aはレベル3だからBの方が1ポイント高い。そういうことですね」

「そういうことだ。1ポイント差でAが高いところもあれば、1ポイント差でBが高いところもある。それで、両方の差を同等と考えて、世界Aと世界Bは同じ価値だと考えていいのか？　そこが問題なんだ」

「快に関していえば、位置が変わっても意味が変わらないような『糸切れの長さ』とはわけが違う。快に関していえば、それは、位置そのものだ。そういうことでしたよね」

「その通り。だから、『レベル6とレベル5の差』を『レベル4とレベル3の差』に重ね合わせて同等と見なすことはできない。つまり、この場合の世界Aと世界Bは、同等じゃなくて比較不能なんだ」

「同等でも、分からないのでもなくて、比較自体がありえないという意味での比較不能ですね」

「そうさ。だから、ある意識が別の意識の何倍かを問うこともできないし、両方を足して、一つの合計値で表すこともできない。つまり、快のレベルを数字で表すとしても、それはあくまで方便なんだ。実際には、せいぜい、どれがどれより高いということしかいえないわけさ」

そういって、武瑠は、グラスの水を勢いよく飲み干した。

「もちろん、『意識1に関して世界Aは世界Bより1ポイント高い。意識2に関しても世界Aは世界Bより1ポイント高い』。これなら、快のレベルがどうであろうと、文句なしにAの方が価値が高いといえる」

私は、鈍い頭を働かせて、少しずつ理解していった。

「それじゃあ、瞬間的意識の数をもう少し増やして考えよう。まず、ある瞬間的意識の快の高さを、地面から上に伸びる一本の棒グラフで表す。不快なら、不快の程度を、地面から下に伸びる棒グラフで表す。もちろん、グラフを実際に絵に描くと、高さは、何センチというような数値になるけど、それは無視してほしい。次に、一つの世界の中の、過去から未来に及ぶ瞬間的意識を全部同じように棒グラフで表し、高いものから順に並べる。誰の意識なのかは、この場合、一切問題にしない。とにかく、一番快の高い意識が最初に来て、順に快の低いものが来るように並べる。それから、その後ろに、不快の意識が続く。もちろん、不快のレベルの低い意識が最初に来て、不快のレベルの高いものほど後に来るようにする。こうして、一つの世界の快と不快の分布を連続的な絵にできるんだ」

説明しながら、ホワイトボードに棒グラフの絵を描き込んでいった。(図1)

「棒グラフの先端と先端を線で結んでやれば、地面の上から下まで斜めに伸びる線になるはずだ。これを、一つの世界の『価値曲線』といってもいい。そうした『価値曲線』を見比べることで、世界と世界を比較することができるようになる」

「でも、世界と世界で、瞬間的意識の数が違ってれば、どうなるんですか。一方の側の人口が少ないとか、持続時間が短いとか、いろいろあると思うんですけど」

（図1）

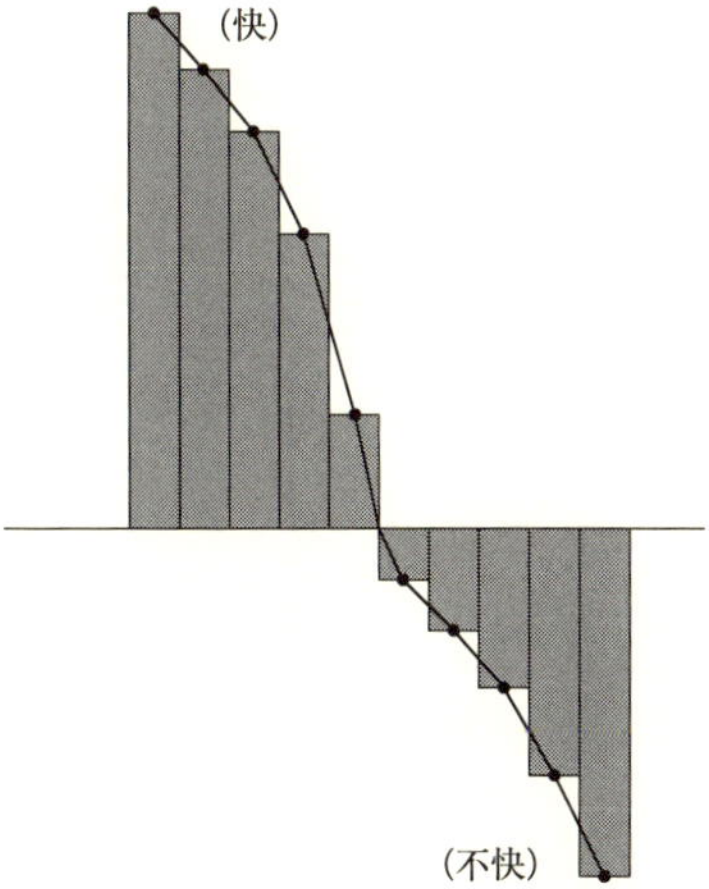

（図2）

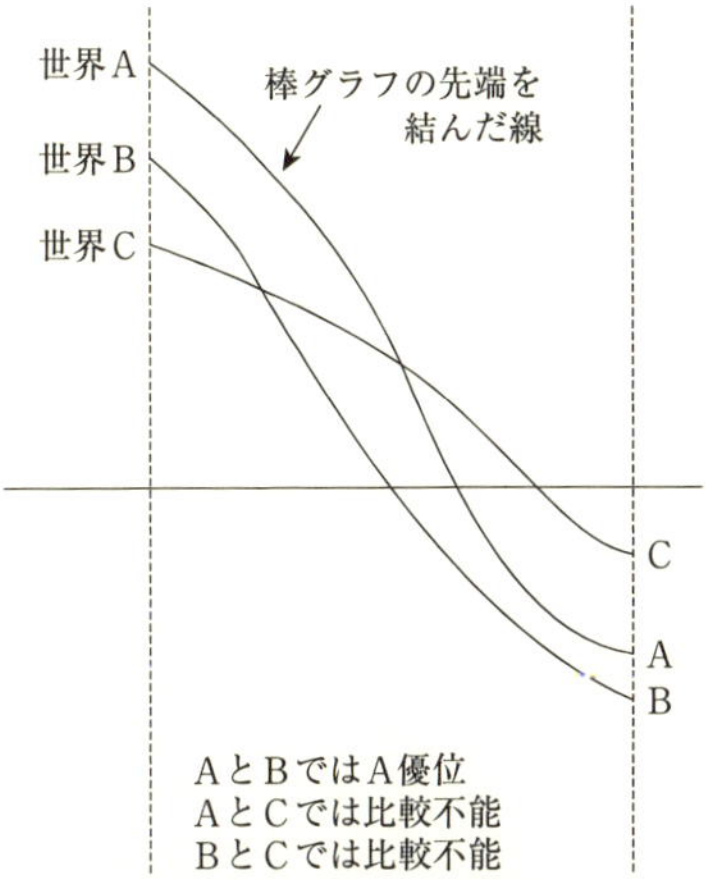

「いい質問だな。しかし、その時は、上向きの棒グラフと下向きの棒グラフの間に、プラスマイナス・ゼロの、高さのない棒グラフを必要なだけ補充する。そうやって、世界と世界の瞬間的意識の総数を揃えるんだ。おれたちは快の総体について考えてるわけだから、意識そのものが何もないということと、プラスマイナス・ゼロの快を持った意識が並んでいることとは、同じと考えていい」

武瑠は、それもホワイトボードに描き込んだ。

「後は簡単に比較できるだろう。Aのグラフと Bのグラフを見比べて、対応する棒グラフが全部ぴったり重なれば、世界Aは世界Bと価値的に同等だ。それに対して、Aの棒グラフの先端が、対応するBの棒グラフの先端よりも上にくる場合はあるのに、下にくる場合がなければ、世界Aは世界Bより価値が高いといえる」

何となく分かったような気がした。

「次に、Aの棒グラフの先端と、対応するBの棒グラフの先端を見比べて、Aが高いところもBが高いところも、両方ある場合、世界Aと世界Bは価値的に比較不能になる。『価値曲線』でいえば、途中で線がクロスしてる場合さ」

ボードには、何本かの曲線の図ができ上がっていた。(図2)

「大事なことは、同等と比較不能では全く意味が違うってことだ。ただ、AとBのどちらを選ぶべきかと聞かれれば、同等の時も比較不能の時も、『どっちでもいい』と答えるしかない。それが、同等と比較不能が混同されやすい理由さ」

「もちろん、世界と世界を比べるだけじゃなくて、個人の人生と人生を比べてもいい。一人の人間の人生とは、膨大な数の瞬間的意識の集合だからな」

「存在時間の短い人は、プラスマイナス・ゼロの瞬間的意識を補充して考えたらいいんですね」

「その通り」

そういって、武瑠はまたボードに図を描き込んだ。(図3、4)

「結局、世界にしても個人にしても、瞬間的意識の数が大幅に違っていれば、互いに比較不能になる可能性は高いと思っていいだろう」

（図3）

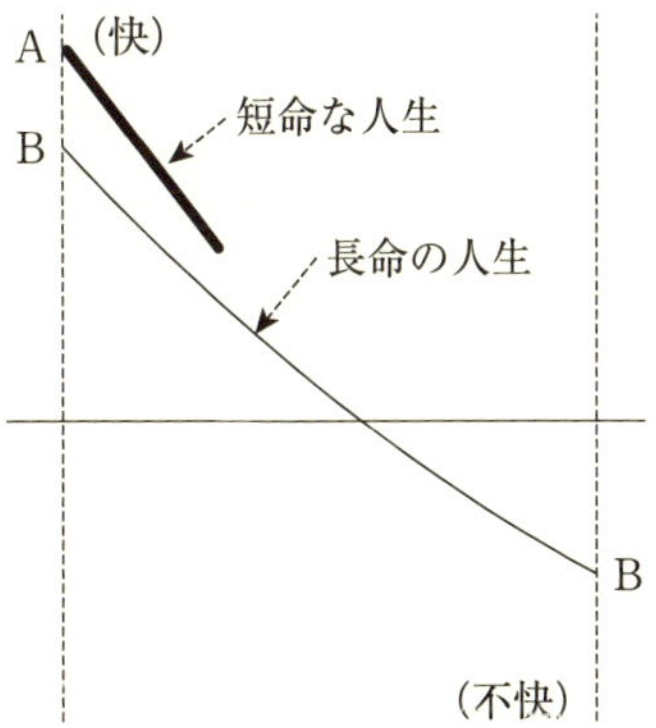

（図4）

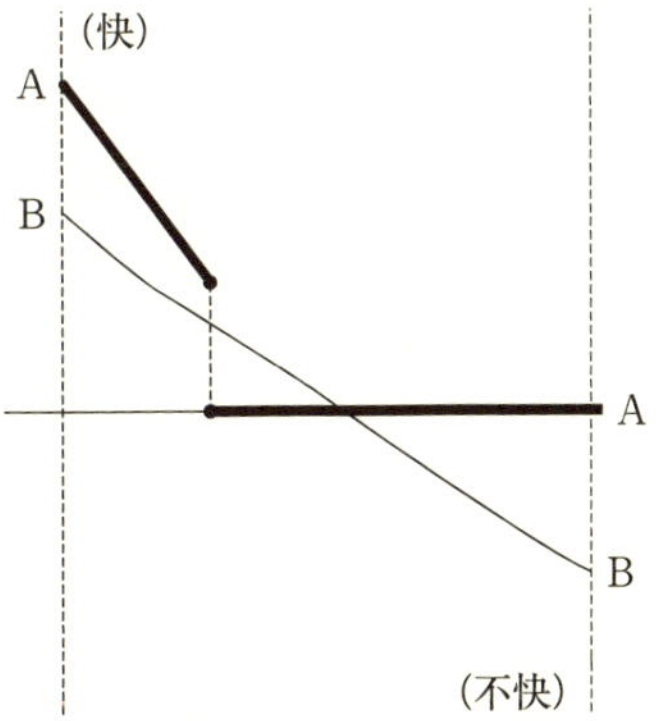

右図のように、ＡとＢの寿命が異なる場合は、左図のように補って考える。この場合、人生Ａと人生Ｂの価値は「比較不能」である。

「これで準備完了さ。楽園と俗世間の価値的な比較は、同じ要領で考えたらいいんだ。もちろん、今、説明したような話は、いわば全知全能の神の視点で原理原則をいっただけだ。本当に世界と世界を比べようと思えば、世界中の快と不快を具体的に調べないといけない。しかし、それは、実際には不可能だ。せいぜい、世論調査とかで調べられる範囲に、時間的にも空間的にも世界を限定し、後は同等と考えておくしかない。だが、世論調査にしても、他人どうしの意識を本当に比較することは、厳密にいえば不可能だろう」

「動物や植物の意識まで、全部調べないとダメですよね」

「そうだな。もちろん、そんなものを調べるなんて無理に決まってる。だから、実際の比較作業は、相当限られた範囲のものにならざるをえない。その上、世界と世界を比較するということは、大抵の場合、〝可能性としての世界A〟と〝可能性としての世界B〟とを比較してるんだ。それで、どっちがいいかを考えて、おれたちの将来の指針にしようというわけさ。だとすれば、世界Aも世界Bも、単なる想像上の世界なわけで、具体的な快・不快はますます検証しにくくなる」

「世界の価値について考えることと、実際に世界の価値を知ることとは、大違いだってことですね」

「そうだ。だが、そういう制約があるにしても、楽園と俗世間の比較は、案外簡単にできてしまうんだ。理由は簡単さ。守護者とやらが徹底的に管理して〝幸福の国〟を作ったつもりでも、楽園の方は明らかに人口が少ないし歴史も短い。一人一人の人生をとっても、都合が悪くなればすぐに抹殺されるわけだから、存在時間はそれだけ短くなる。だから、楽園という世界に含まれる瞬間的意識の数は、俗世間よりも大幅に少ないと考えていい。一方、俗世間の方は瞬間的意識の数が明らかに多く、内容的には不幸かもしれないが幸福な瞬間も全くないわけじゃない」

私は、〝彼〟と出会ってからの短い日々を思い出した。

「だから、楽園と俗世間では、価値的に比較不能になることがほぼ確実だ。そこで、最初に、おれたちが楽園をどう定義したかを思い出してくれ。『俗世間よりもはるかに価値のある世界』

というのが楽園の定義だったはずだ。しかし、今見てきたように、守護者が必死で管理したところで、それは『俗世間よりもはるかに価値のある世界』にはなりえない。だから、楽園は楽園じゃないのさ。あちらもこちらも、せいぜい比較不能でしかないわけだから、真の楽園じゃないという意味ではどっちも対等だ」

そういって、武瑠は、心なしかニヒルな笑いを浮かべた。証明終わり。何ともあっけない結末だと私は思った。

2

しばらく沈黙が続いた。

武瑠の顔から次第に笑いが消えていった。

眉間に皺を寄せて黙り込んだ表情に、何かを思い詰めるような様子がありありと現れていた。

私は所在なくグラスのお酒に口をつけてじっと彼の表情を窺ったが、武瑠の、こういう困惑した顔を見るのは本当に初めてだった。

「つまり、そういうことなんだ。どっちが楽園でも俗世間でもない価値的に比較不能な世界が、明らかに二つ併存してるんだ」

長い沈黙の後で、ぽつんとつぶやくようにいった。

「あってはならないことだ」

もう一度つぶやいた声には確信めいたものがこもっていた。私には、武瑠が何をいいたいのかまるで分からなかった。


「でも、二つの世界の片方は、彼の書きかけのＳＦの中にしか存在しないわ。ただの架空の世界だから、現実と併存するはずないじゃないですか」

私は、懸命に主張した。

「それは分からない。ここことは別の世界が、架空じゃなくて、現実に存在してるかもしれないからな。あいつの小説が、そっちの世界との通路になってる可能性もある。だとすれば、それさえ廃棄できれば、通路を封印することだって、できるかもしれないんだ」

おかしなことばかりいいだすと思ったが、それでも、彼は哲学者だから、私には分からない何かが見えているのかもしれないと思った。私は、できれば彼の視野に合流したかった。何といっても彼は天才だから。そして、まさに、武瑠その人なんだから。

「仮にあいつの楽園物語が架空だとしても、逆に、おれたちの世界が架空じゃないといいきれるだろうか？　もしかしたら、君とおれとあいつだけが意識を持った実体で、他のやつらは全員、ロボットのような動く人形なのかもしれない。だとすれば、この広い世界の瞬間的意識の総数は三人分しか存在しないことになる」

聞きながら、それはどうしようもないひどい妄想だと思った。

「まさかそんなことはないだろうけど、それにしても、考えれば考えるほど、この世界のリアリティーは危うくなってくる。そもそも君は、君の人生は実在なんだろうか」

私は意表を衝かれた。

「それって、どういうことですか？」

「君は、自分の幼いころのことを本当に覚えてるのか。大学に入る前のことはどうだ。ずっとアルバイトをしてるようだが、自分の実家はそんなに貧しいのか。そもそもどんな家庭で、どんな仕事をしてたんだ。両親はどんな人だった？」

思い出そうとしたが、何一つ思い出せなかった。うっかり忘れたというより、過去というものがそもそも存在しないように感じられた。

「君の恋人にしても、どれだけのことを君は知ってる？　出会う前のことは何か分かってるのか。そもそも、あいつはそれまで生きていたんだろうか」

うらぶれたスナックの前の暗がりで出会う前のことなんか、分かるはずがなかった。今では、名前すら思い出せないというのに。最初に顔を見たのは、その日の昼間の学食でだったが、その時の彼と本当に同じ人物だったのかも、もはや確信が持てなかった。

「だから、現実か虚構か決めようのない世界が、こうして二つ併存してるんだ。価値的にも比較不能なままでだ。これは解消しなければならないんだ」

武瑠は、自分にいいきかせるように力を込めて断定した。

「それには、あいつの原稿を廃棄して、一方の世界を封印する必要がある」

「原稿がなくなっても、またもう一度書けるわ」

私はいった。

「それは分からない。あいつのインスピレーションだって無限じゃないからな。一度しか現れないアイディアも多いはずだ」

そんなもんかなあと一瞬納得したが、すぐに思い返し、彼の言い分は何もかもが狂ってると思った。自分まで気がおかしくなりそうだった。どうして、こんなことになってしまったんだろう。少なくともついさっきまで、楽園と俗世間の価値を比較していた時までは正常だったはずなのに。

しかし、武瑠は、さらに畳みかけるように容赦なく続けた。

「おれたちがこうして出会ったのも運命だ。あいつの原稿を奪い取れるのは君しかいないからな。本当に君しかいないんだ。だから頼む！　力を貸してくれ」

予想通りの言葉をつきつけられたようで、私は、とっさに頷いていた。世界がこうして狂い始めている以上、逃れることはできないとあきらめるしかなかった。

「分かったわ。原稿をここに持ってくればいいのね」

気持ちを静めながら、ゆっくりかみしめるようにつぶやいた。武瑠は相変わらず冷たい表情だったが、それでも、すがるような目で一瞬こちらを見たように感じた。私は、彼の少女のような白い細い手に、自分の指をそっと触れさせた。

「ここで待ってて」

そのままバッグをつかむと、一目散にエデンを飛び出していた。

3

深夜の商店街に人通りは全くなく、街灯の光だけがむやみに明るかった。彼の下宿までどこをどう通って行ったのか、何一つ自覚していなかったが、ただ夢遊病者のように、しかし小走りに、私は見慣れた街並みの中を歩いて行った。

気がつくと、彼の下宿の前に来ていた。

奥の部屋の窓からは、小さな電灯の明かりだけが見えていた。彼はもう寝ているのか、それとも、机の明かりだけをつけて勉強しているのか、原稿を書いているのか、あれこれ想像した。ただ、彼のなつかしい姿が脳裏に去来しても、顔はもはや思い出すことができなかった。

音をたてないように玄関に近づいて、バッグから鍵を取り出し、ドアに手を触れた。ドアには鍵がかかっていなかった。私が帰ってきた時に入りやすいように、鍵を開けてくれているようだった。

静かに中に入ると、手前の部屋には小さめの明かりがつけてあって、部屋の中を自由に見渡すことができた。正面にある閉まったふすまの向こう側の奥の部屋には、彼がいるはずだった。けれども、もう寝ているらしく、物音は何一つ聞こえてこなかった。

手前の部屋の右側の壁には本やファイルの並んだカラーボックスがあり、その中に、彼が原稿を書きつけているノートもあるはずだった。鈍い明かりの中でも、近づくとノートはすぐに見つかった。私は中をちらっと確かめて、ノートをバッグにしまった。

「さよなら」

ふすまの向こうに向かってつぶやいた。本当はもっと大きな声でいいたかった。

短い間だったが、もはや名前さえ思い出せない彼と一緒に暮らして、いろんなことがあったことを思い出した。迷いや悲しみや不満もたくさんあったが、心から笑ったり泣いたりしたことが何度もあったことは確かだった。

「楽しかったわ」

もう一度気持ちを込めてつぶやいた。できればすべてをやり直したかった。でも、こうして世界が狂ってしまった以上、もうどうしようもないことは明らかだった。

何もかもが悪い夢であって、目が覚めたら元に戻っていてほしいと一瞬願った。とはいうものの、悪夢が覚めた時に、目の前にいてくれるのは彼なのか武瑠なのか、いったいどっちなんだろう？　それを考えると、また、拷問のように、胸が激しく締めつけられた。

音をたてないように気をつけてドアを閉め、私は下宿を立ち去った。もう振り返らないでおこうと心に決めていたが、それでも一度だけ振り返った。意外なことに、奥の部屋の明かりはいつの間にか消えていた。自分がこのまま泣き出すのかと思ったが、胸がつまって涙も出て来なかった。

街灯の光をたよりにして、来た道をとぼとぼと戻った。エデンの前に来ると、扉の隙間からは皓々《こうこう》とした明かりが漏れていて、そのことが、ほんのわずかだが私を安心させた。ただ、「貸し切り・

アイヴォリータワー御一行様」の札はすっかり傾いて、ほとんど真下に垂れ下がっていた。

中に入ると、黒いラバースーツに全身をつつんだ武瑠は、テーブルにうつ伏せになって、何かを必死で考えているようだった。私は黙って向かい側の席に座り、バッグからノートを取り出してテーブルに置いた。

「取って来たわ」

武瑠はゆっくりと顔を上げ、半ば茫然とした表情でこちらを見つめた。

「とってもつらかったけど」

それ以上、言葉にならなかった。

「つらいのは分かるよ。でも、仕方のないことだったんだ」

武瑠は、ついさっきまでの武瑠とは思えないほど、言葉に力がなかった。

「だが、君も、彼との間で本気で笑ったことが何度もあったはずだ。確かに、おれたちの世界は、つらい思いをすることの方が圧倒的に多い。それでも、何日も悩んだり苦しんだりした後で、ほんの一瞬だが心から愛し合ったり喜んだりすることは許されている。それが、おれたちの世界なんだ」

武瑠はそれ以上いうこともないという様子で、ゆっくり立ち上がった。それから、私の方に近づいて、私の肩にそっと手を置いた。私も、魅せられたように立ち上がり、二人は力を込めて抱き合った。

「どうしていつもこんなに悲しいのかしら?」

気持ちの高ぶるままに、私はいった。

「仕方がない。おれたちの世界はみんながつらい思いをする世界なんだから。そうさ、おれたちの生まれついたこの場所が、サハーなんだ」

涙がこぼれそうになって、それ以上、言葉をかわせなかった。

ふと壁際に目をやると、棚に置かれた大きな鏡には、二匹の黒トカゲが皓々としたランプの光の中で、しっかりと抱き合う姿が映っていた。

第五幕

シーンA

エデンの浜　楽園の終わり

1

海沿いのコテージの大きな窓からまぶしい朝の光が差し込み、私はようやく目を覚ました。窓の外に広がるコバルトブルーの海に目をやると、穏やかにうねる波がいくつも筋をなして、渚に向かって来るのが見えた。

机の上にノートを広げたまま、その上にうつ伏せになって、すっかり寝込んでいたことに気がついた。しばらく茫然としていたがやがて気をとり直し、ノートを閉じて、つけたままの部屋の明かりを消した。それから、乱れた髪をブラシで念入りに解きほぐした。

「生活が不規則になると体調にさしつかえるから、できれば療養施設に入った方がいいですよ」

主治医のタチバナ先生からは何度もそういわれたが、もともと一人暮らしの好きな私はずっと断り続けていた。それでもさすがに、うたた寝したままで朝まで過ごしたことは反省しないといけないと思った。

フリーザーからパック入りの濃いチルド・コーヒーを取り出し、大きなグラスに注いで、一気に半分ほど飲み干した。ついさっき見たばかりのいろんな夢は生々しく記憶に残っていたが、コーヒーの冷たさで頭が冴えるにつれて潮の退くように消えていった。

それと引き換えに、外の新鮮な空気がむしょうに吸いたくなった。足元まで隠れるロングドレスの部屋着の上に白いジャケットをひっかけ、ノートを胸元に抱えて、コテージの外の海岸に出た。それからサンダル履きのまま砂浜をゆっくり歩き、波打ち際まで来ると、パウダー状の砂の上に足を組んで坐った。

夏の朝。7時15分の紺碧の海が、日の前に果てしなく広がっていた。

海はいつ見ても雄大で、明朗だった。それに比べて、自分の体が驚くほど衰弱していることはどう考えても隠しようがなかった。

諦めの気持ちで溜め息をもらしながら、手に持ったノートをぱらぱらとめくった。子どものころから何度も現れた「独我論的体験」をもとにして、自分の人生を虚構の中に封じ込めるような、一つの物語がそこには綴られていた。物語の中では半年しか時間がたっていなかったが、それを書いている自分自身は十年以上年をとってしまった。今よりずっと若かったころは、ストーリー作りにも熱中し、この世界の価値について登場人物に語らせようと、あれこれ思索したものだった。けれども、体力が衰え、精神が変調するにつれて、作中の世界は収拾がつかなくなっていった。

特に、昨年、急な病気で二度入院して以来、病に冒された心は容赦なく物語を狂わせた。とうとう続きを考えるのを諦めたのは、今から半年前だった。深夜の喫茶店で、ヒロインが茫然と途方にくれながら美少年と抱き合っているところが最後のシーンだった。

遠い昔、私のパートナーだったシナリオライターのイサチは、創作のいろんな技術を得意気に教えてくれたものだ。思えば、自分が物語を書こうとしたこと自体、イサチの思い出を温めるための、お手軽な方法だったのかもしれなかった。創作に行き詰まり、自分の才能が彼に及ばないことがはっきりするにつれて、私は、記憶の中の彼をますます誇らしく感じた。

けれども、イサチと暮らした思い出を反芻することは、幸福な時間が過ぎ去って戻らないことを、改めて自覚することでもあった。あのころの彼にもう一度会いたい、会ってもう一度一緒に踊りたい。そんな気持ちが高まるたびに、私は胸がつまり、何時間も声をあげて泣いた。第二エデンから彼がこの島をのぞいているかもしれないとは、今では夢にも考えなかった。

胸の病気がことのほかやっかいで、じわじわと脳を蝕んでいることはタチバナ先生の遠慮がちな表現からもはっきり理解できた。それでも、入院以来の主治医である先生が、底抜けに明るく楽天的であることは、気分に流されやすい私にとって不幸中の幸いだった。

先生以外に、最近の私の〝世話人〟になってくれているのは、サザキさんとウズメさんという二人の女性だった。二人ともダンススクールに勤めていた時の年下の同僚だったが、私がスクールを辞めた後も、友達としていつも近くにいてくれて、あれこれ相談にのってくれた。

今日も、彼女たちは、おいしい果物を持ってコテージを訪問してくれる約束だった。たまたま、タチバナ先生の回診日でもあったから、先生も同じ車で来るという連絡が、昨日、葉書で届いていた。

2

日が次第に高くなり、吹き抜ける海風も生ぬるく、穏やかになっていった。

私は砂浜に坐ったまま、もう一度ノートを開いて、中をめくった。物語とは反対側の裏表紙に近い数ページには、細かい字で夢日記が書き込まれていた。今から十年前、たまたまダンススクールで知り合った女性心理学者が、見た夢を日記につけるように勧めてくれたからだ。彼女は、「独我論的体験」という言葉を私に教えてくれた張本人だったが、それ以来、音信不通で一度も会っていなかった。夢日記をつけることにどういう意味があるのかも、結局、聞きそびれてしまった。

多分、彼女自身の研究材料にするつもりで勧めたんだろうと思い、断続的に書きつけていったが、わずか半月も続かず、それ以後は、ごくたまに、思い出したように書き込むだけになっていた。私のようなものぐさで記憶力の悪い人間には、夢日記は向いていなかった。その上、昔の思い出を夢で見ると、気持ちが昂ってしまい、冷静に書くことさえできなくなることがあった。

それでも、ノートにメモされた夢のいくつかは、今でもはっきり思い出すことができた。四十年以上前に終わったイサチとの生活は、特に、繰り返し現れるお馴染みのシーンだった。

八月二日の夢の記憶。この日も、夢の場面は、イサチと過ごした最後の夏の朝だった。

「今回のドラマは、虚構と現実の入れ代わりがテーマなんだ。明らかに虚構だった世界が次第に現実を飲み込んでいく。そこに、見る者をぞくっとさせるような神秘の感覚が浮かび上がるんだ」

また同じことをいってるね。

夢の中の私は、心の中でそうささやいた。

「ヒロインはノートに物語を書き継いでいく。全く荒唐無稽な話で、最初はどう考えても虚構なんだけど、そのうち現実の方が変わり始める。これが現実だと思っていたことが、次々と化けの皮のはがれるように否定されていって、物語の中の虚構に一致し始めるんだ」

「ずいぶん難しそうな話じゃない。私に分かるかしら?」

「演出のオオトモたちも必死でがんばってるから、誰が見ても絶対面白いよ。まあ、詳しいことは上演を見てのお楽しみさ。ぼくにとっても、今までにないようなハイレベルの自信作なんだ」

イサチは目を輝かせて話し続けた。

二人の間のテーブルには大きな皿が載っていて、赤と白の桃の実があふれるほど置かれていた。私とイサチは、まるで競争するように、冷たく冷えた桃を食べ続けた。窓の外では、カントリーハウスを囲む木立の緑に夏の朝日が射し込み、所々、目にしみるような赤い花が咲き誇っていた。


七月一日の夢の記憶。


広いサロンの中で、私はイサチと二人で踊り続けた。二人とも、黒トカゲのような漆黒のラバースーツに全身を締めつけられ、夏の光の渦巻く中で力一杯抱き合って踊った。

「アヌッタラヨーガ・タントラ」の第一章「グヒヤサマージャ」は、めくるめくような瞑想の世界への導入の踊りだった。踊りながら、私の心は法悦に浸されていったが、このタントラを踊り終わると、やがて別れが来ることをなぜか理解していた。

だから、全身が次第に汗ばんで、下着がぐっしょり濡れるのが分かっても、踊り終わることはできなかった。イサチは恍惚とした表情で、一心不乱に自分のインスピレーションを追い求めていた。それでも時々我に返ると、やさしい笑顔を浮かべ、休みなく踊り続ける私をなごませようとしてくれた。

ラバースーツの中の体温はますますヒートアップし、襟元も汗だくになっていたが、踊りをやめることはできなかった。別れ別れになるぐらいなら死んだ方がいいと、心の中で何度も繰り返した。一方、細身のイサチはあまり汗もかいていないようで、彼の表情は、どこまでも穏やかだった。大丈夫だ、ムキにならなくてもいいんだよと、私にいっているように見えた。

しかし、ダンスの方は、第二章の「チャクラサンヴァラ」に入ろうとしていた。こうして一章、一章、タントラは終わりに近づいてゆく。最後まで来たらどうしよう！　そう思うと、また汗が吹き出して、首筋を流れ落ちるのが分かった。

四月二十日の夢の記憶。

自分が子どもに戻ったとは思えなかったが、ヒルメさんがそばにいることからすれば、十代の少女時代のようだった。

「ナミちゃんとプンダリーカ・スートラを踊りたがってる男の子は二人いるのよ」

ヒルメさんがいった。

「二人のうちの一人を自由に選ぶことができるわ。残った一人は、別の場所で他の女の子とペアを組むことになるわね」

深刻な問題がこれから起きるとはまだ予想できなかった。

「二人の男の子って、何ていう名前なの？」

「それはヒミツ。仮にモリ君とハヤシ君って呼んでおくわね。二人の簡単な特徴だけ聞いてあるから、それを踏まえてナミちゃんは一人を選ぶのよ」

「写真とかないの？」

「ないわ」

ヒルメさんはあっさり断定した。

選び間違えたら、私はイサチと永久に出会えなくなることがようやく理解できた。大変なことになったと思い、冷や汗が吹き出すのを感じた。

「モリ君はハヤシ君より背が高いけど体格もがっしりしてる。それから、モリ君はハヤシ君よりほんの少しだけ色が黒い」

どっちがイサチなのか、まるで検討がつかない。

「音楽とか美術とか、芸術が得意なのはどっち？」

「それは聞いてないわ。プンダリーカ・スートラを踊るんだから、二人とも同じぐらい芸術家タイプじゃないかしら。学校の成績でいえば、モリ君は理科と作文が得意だけど、ハヤシ君は数学と歴史が得意よ」

これじゃまるで分からなかった。このままでは、私は二分の一の確率で、イサチと出会えないまま一生を過ごしてしまう。どうしてこんなひどいことになってしまうんだろう？

もしかしたら、私が「独我論的体験」なんかにふけるのをヒルメさんが気がついて、懲らしめようといじわるをしてるんだろうか。

ああ、どうしよう！

もう一度溜め息をついて、私は凍りついたように黙り込んでしまった。

3

「ナミさん」

タチバナ先生の声で、私は我に返った。昔の夢日記を読み返しながら、居眠りしていたことにやっと気がついた。ゆっくり目を開けると、真昼の太陽はぎらぎらと輝いて砂浜に照りつけ、海の波は、まるで時間が蒸発したように、単調なシンフォニーを繰り返していた。

「よく寝てましたね」

先生は、私の顔を覗き込んだ。

「ええ。最近よくうたた寝しちゃうんです。今朝も気がついたら、すっかり朝になってましたし」

「病気の後はそうなりがちなんですよ。ところで、この前、〝癒しの桃の実〟を試食しましたよね」

「はい」

「今日はたくさん持ってきてますから、思う存分食べられますよ。あれを食べれば、気分もよくなります。そのかわり、眠くなったり、夢を見たりもしやすくなりますけど」

先生はそういって、楽しそうに桃の効能を説明した。

「そう。それは嬉しいわ」

私は力なくほほえんだ。


「ナミさん、こんにちは」

サザキさんとウズメさんが後ろから声をかけた。

二人は、コテージの外にパラソルを立ててテーブルと椅子を並べ、昼食の準備をしてくれていた。

「お昼の用意ができましたから、早く食べましょうよ」

テーブルにはサンドイッチが並べられ、大きな皿の上には〝癒しの桃の実〟があふれるほど載せられていた。

四人はテーブルを囲み、世間話をしながら食事を始めた。それでも、私はなかなかみんなの会話に加わる気になれなかった。

「癒しの桃の実はナミさんのために持ってきたんだから、好きなだけ食べて下さいね」

タチバナ先生がやさしくほほえんで、桃の皿をこちらに近づけた。

薄いピンクのしっとりと濡れた桃を、私は、まるで憑かれたように眺め続けた。他愛もない邪推から桃を恐れ、桃の背後に悪意を感じて生きていた時期が、私にはあった。けれども、それが「独我論的体験」という名の多くの人に見られる妄想であることは、今でははっきりしている。だから、恐れる必要が何もないことはよく分かっているつもりだったが、それでも、こうして濡れた果実をじっと眺めていると、頭の中が次第に真っ白になり、言葉も出なくなるのがぼんやりと自覚できた。

みんなが車で立ち去ると私はまた一人になった。テーブルの上の桃はかなり減っていたが、まだいくつかは残っていた。そのまま、砂浜に椅子を出して、いつまでも海を眺め続けた。日がかげって真っ青な空に雲がたれこめ、風も少しずつ涼しくなっていった。
もしも私が鳥だったら
水平線に向かってぽつんとつぶやいた。
やがて夕日が海面に溶け込み、あっという間に空は夕焼けに変わった。今日という日がまた終わってゆく。そう思いながら涙ぐむように夕日を見つめる自分も、いつの間にか、深い深い眠りに落ちていくのがぼんやりと分かった。

＊　＊　＊　＊　＊　＊　＊　＊　＊

私は明るい店の中で、大勢の見覚えのある仲間たちに囲まれていた。

「いいかい。守護者にとっての義務は、タカミ神族に幸福な生活を味わわせること、それだけだ。それが不可能になって、彼らが苦痛や不安しかもはや体験できないとなれば、守護者のやることは一つしか残らない」

話し続ける〝彼〟の口調が心なしか真剣になったように思えた。

「それ以上、不快な人生が続かないように、化学的な方法を使って、そのタカミ神族は抹殺されるのさ」

そこまでいい終わると、彼はもう一度、みんなの顔をゆっくりと見回した。

「そういうことか。だとすると、後の展開もかなり見えてくるな。主人公の少女がいかにして真相に気づき、抹殺の危機から脱出するか。そこに、ミステリーとホラーとサスペンスの要素を全部まとめて詰め込むことができそうだ」

そういいながら〝部長〟は、あれこれ想像をめぐらせているようだった。

「でも待てよ。主人公は楽園から脱出しないといけないのか？」

「当たり前だろ。黙って抹殺されてるだけじゃ、小説にならないじゃないか」

夜はどんどん更けていったが、話はいつまでも尽きなかった。

＊　＊　＊　＊　＊　＊　＊　＊　＊

私は下宿のフロアに座り込んで、涙ぐんだまま茫然としていた。すぐ隣には彼が座っていて、お客にブランデーと氷水を浴びせられた私を慰めようとしていた。

「歌がへたなぐらいで、ホントにひどいことをする奴らだ」

「いいのよ。子どものころから、ひどい目に会うのは慣れてるわ」

「勝手に家に上がりこんじゃったみたいだけど」

「気にしないで」

私はお礼を言おうと思ったが、気持ちが昂って、言葉がつまってしまった。

「他の男が来たりすることはあるの？」

彼がきいた。

「家に上がってもらったのは、あなたが初めてよ。でも、こうして一緒にいるだけですごく落ちつくし、とっても嬉しい」

「それはよかった。〝あいつは下宿の前まで来てしばらくためらってたけど、結局そのまま一人で帰った〟。日記にはそう書いとけよ」

「うん、そうするわ」

ようやく気持ちに余裕が出てきて、にっこり笑いながら彼を見上げた。深夜の町には物音一つ聞こえず、部屋の明かりも寂しげだったが、心はいつになくなごやかになって、満ち足りた気分に浸《ひた》されてゆくのが分かった。

＊　＊　＊　＊　＊　＊　＊　＊　＊

砂浜には、まるで白い象牙のように、真っ直ぐな木が生えていた。それは、宇宙からこの海岸に突きたてられた一本のパイプのように見えた。

幹の陰には彼が立っていた。こちらを見ているのか海を見ているのかよく分からなかったが、間違いなく彼がいると思うだけで心がなごみ、体全体が軽くなるように感じられた。

勢いよく立ち上がって、彼の方に駆け寄った。そうすると彼は、太い幹の周りを一目散に走り出した。私はその後ろを追いかけ、何度も何度も木の周りを走った。とうとう彼に追いついて、歓声を上げながら彼の肩に手をかけた。

「ナミはかわいい！　ぼくはナミが大好きだ」

正面から向き合うやいなや、彼は息を切らせて叫んだ。

それから二人は大声をあげて笑い、抱き合っていつまでも砂の上を踊り回った。

なぎの時刻にはまだ間があるようで、海風は轟々と波の上を吹き渡っていた。私と彼は、砂浜に腰を下ろし、夕暮れの海を眺めた。

「この海の向こうはどうなってると思う？」

彼がいった。

「考えたことないわ」

私は答えた。

「ぼくたち、こうしてエデンに生まれてきてよかったのかな」

「他の場所でも、それなりによかったかもしれないわね」

「うん。でもいいさ。これからここで、いろんなことが起きるだろう」

「そうね。これからが楽しみだわ」

夕暮れの海面は目の覚めるような紅に変わり、海風に夜の気配が忍び寄るのが、はっきりと分かった。

(エデンの浜辺　～楽園の恋と狂った果実・完)

後書き

1

　この物語は、社会のあり方に関する哲学的研究である『メタ憲法学』（重久俊夫・中央公論事業出版）の第三部を、対話編に仕立てたものです。生と死をテーマにした対話編『潮騒の家～マヤと二人のニルヴァーナ～』（明窓出版）の姉妹編でもあります。

『メタ憲法学』第三部は、価値とは何かという問題を掲げ、「功利主義」という立場からそれを解明し、賛否両論の多い功利主義を正当化して、より一層洗練された形に再構成することを目指しています。この物語では、その一部が、毒舌の美少年・武瑠《たける》によって、「楽園（エデン）と俗世間（サハー）との比較基準」という形で紹介されます。

　ただし、功利主義に関してはさらに多くの補足説明が必要であり、それらは、この後の「哲学的注釈」で補充する予定です。

2

一方、物語自体は一つの幻想小説であり、そこでは、第四幕のシーンAで女性心理学者の〝マキナさん〟が語る「独我論的体験」solipsistic experience がキーワードになります（ちなみに、マキナという名前は、本文でも述べたように、もつれた筋を解きほぐし話の展開を方向づけるギリシア悲劇の中のキャラクター「デウス・エクス・マキーナ」に由来します。ただし、「デウス」〔神〕は男性形なので、本文では「デア〔女神〕・エクス・マキーナ」に変更してあります）。

マキナさん自身は、単なる心理学者なのか、〝タカミ神族〟の一員なのか、守護者からの回し者なのか、よく分からないまま姿を消してしまいますが、現実の世界で、「独我論的体験」について長年研究しているのは心理学者の渡辺恒夫氏です。私が渡辺氏と初めてお会いしたのは二〇〇二年。一緒に「人文死生学研究会」を起ち上げたのはその翌年ですが、本書自体が、ある意味では、私と渡辺氏との知的交流の産物だといえます。渡辺氏の考える「独我論的体験」とは、自分以外のすべての他者が、自分と同じ生きた実在とは思えなくなる感覚です。それを、「類的存在としての自己の自明性の破れ」と言いかえれば、本文のような、自分一人が周囲から欺かれている感覚をも、「独我論的体験」の特殊なケースに含めることができます。

渡辺氏には、さまざまなテーマにわたる多くの著作があり、「独我論的体験」に直接関連する比較的最近の著書は次の二点です。

『自我体験と独我論的体験：自明性の彼方へ』　北大路書房　二〇〇九年
『フッサール心理学宣言：他者の自明性がひび割れる時代に』　講談社　二〇一三年

前者は純然たる学術書ですが、後者はその普及版であり、しかも、哲学者E・フッサールの「現象学的還元」に関連づけながら、著者自身の世界観や人生観を交え、縦横に語りつくす好著です。第四幕・シーンAのマキナさんのセリフにも、これらの著作に登場する心理学的知見がいくつも取り入れられています。

3

一方、〝ある苦学生〟を主人公とする本書の「シーンB」は、一九七〇年代後半のやや古風な時代設定になっています。特に精密な再現を目指してはいませんが、次のような事物は実在のものを借用しています。

まず、「喫茶エデン」は神戸市（兵庫県）の兵庫区に、本文通りの外観で実在する老舗喫茶であり、繰り返しメディアでも紹介されているので、ご存じの方も多いかもしれません。

また、「アイヴォリータワー」は、実際には（SF同好会ではなく）西日本を中心に活動しているロックバンドの名前です。「もしも私が鳥だったら」は、彼らのオリジナル曲である「イグアスの滝」の歌詞からヒントを得ました。作詞者であり、バンドの事実上のマネージャーでもあるレイラ（Layla♪）さんには心から感謝します（「シーンB」に出てくる、音楽と猫が大好きな社交家の美人は、まさに彼女のイマージュです）。

一方、第一幕のシーンAで言及される、ハスの花の咲く池の中で、水につかる若い女性の像は、洋画家の山根須磨子画伯の一連の作品を指しており、「独立展」などでご覧になった方も多いと思います。

末筆ながら、前作『潮騒の家』と同様、今回も、本文のフィージビリティー・チェックに協力していただいた同僚の頓田文《あや》さんに対し、深甚なる感謝を捧げます。彼女からのインスピレーションがなければ、本書は存在しなかったに違いありません。

重久俊夫

哲学的注釈　　功利主義とは何か

1

哲学的対話編としての本書の課題は、「価値論としての功利主義」utilitarianism を確立することにあります。功利主義は、価値の本質を「快と苦」に求める思想であり、「最大多数の最大幸福」を最も望ましい状態と考えるJ・ベンタムの説が有名です。

こうした考えは、一見自明のように思えますが、細かく見れば多くの解釈があり、また、さまざまな批判にもさらされてきました。実際、日常語で「功利的」といえば、計算高いとか利己的という悪い意味にとられます。しかし、倫理学では反対に、「最大多数の最大幸福」のために個人を犠牲にする思想として非難されてきました。こうした分裂したイメージも、功利主義の分かりにくさを象徴するといえるでしょう。

結論からいえば、本書では、「価値論としての功利主義」を、次のような二つの命題の組み合わせで表現しようと考えています。

A　価値とは個々の瞬間における快である。より高度な快は、より高い価値を意味する。

B　世界全体の価値とは、その世界の快の総体である。

Aは、「価値の本質論としての功利主義」です。それは、自分自身が〝今ここ〟の意識において経験（感覚）し、「程度の違い」によって序列化される「快」こそが、価値そのもの（本質的価値・即自的価値）だと主張しています。

一方、Bは、「世界と世界との比較基準としての功利主義」です。それは、Aを踏まえて、一瞬ごとの快の水準と瞬間的意識の数とを二次元的に捉え、それを、「世界」全体の価値と見なして、世界と世界の比較を可能にするものです。ただしそれは、〝今ここ〟において経験される価値そのものではなく、客観的な立場で考えられ、解釈された価値に他なりません。

こうした二つの功利主義を総括したものが「価値論としての功利主義」であり、本文中での武瑠の議論は、まさにこの意味での功利主義を提唱しています。

次に、本文中に登場するいくつかのセリフを取り上げ、若干の補足を加えておきます。

【1】だから、価値判断はわれわれの意識にのみ帰属し、物そのものには全く帰属しない。（第二幕・シーンBの4）

こうした考えは、哲学的には物・心二元論が前提になります。しかし、物・心二元論以外の次のような可能性も排除するわけではありません。

1 物理現象（物そのもの）は本当は実在しない。（唯心論）
2 ある種の物理現象は意識現象と同一の実体である。（心・脳同一説・還元論的物理主義）
3 物理現象にも必ず微弱なレベルの意識が伴う。（汎心論・単子論）
4 意識現象も物理現象（物そのもの）も、「現象」としては同じカテゴリーに属する。（現象一元論）
5 意識現象は本当は実在しない。（唯物論・消去主義的物理主義）

これらの妥当性を検討することは本書の課題ではありませんが、もしも2～4が正しいとすれば、価値を論じる文脈では、物理現象またはその一部も意識現象として扱うことができます（ただし、5はあまりにも非現実的です）。

一方、物・心二元論における物理現象と意識現象との関係は、(a)自立的二元論と、(b)付随的二元論に分けられます。後者は、物理現象と意識現象は別々の実在だが、意識現象は物理現象に必ず付随（スーパーヴィーン）して生起すると主張します。その上で、因果関係は（脳内過程のような）物理現象の間だけで働くと考えれば、意識現象の側は、能動的な因果作用を持たず、あたかも本の挿絵のように物理現象に付随して現れるということになります（随伴現象説）。

【2】美食家とは、おいしくない料理を普通の人よりもたくさん知ってる人間のことだからさ。（第三幕・シーンBの4）

貧しいA氏は毎日梅干ししか食べられませんが、週一回ハンバーガーを食べ、それだけをものすごくおいしいと感じます。一方、金持ちのB氏は、ハンバーガーはもとよりさまざまな料理を食べますが、舌が肥えているため、週一回食べる最高級のフランス料理だけをおいしいと感じます。質素なA氏と美食家のB氏が一週間に経験する快の総体はほとんど変わりません。ただ、B氏がA氏と違う点は、おいしいと思わない料理をたくさん食べて知っているということです。

【3】それに、おれたちが何かの目標を追求し、それが実現したとしても、そのことが認識できなければ、快にも価値にもなりえない。（第三幕・シーンBの4）

価値の本質である快は、経済学では心理的効用 consumption utility と呼ばれます。しかし、経済学でも倫理学でも、より好まれるのは選好型効用 decision utility です。選好型効用とは、複数の対象に関する「望ましさの順序」であり、そこでは感覚としての快は必ずしも問題にならず、何かを選好するという意識が常に自覚されているとも限りません。そして、たとえば、ある人物がXをYより選好し、当人が死んだ後でXが実現したとしても、選好は充足されたと見なされます（また、即死することは当事者にとっては快でも不快でもありませんが、選好型効用では、「死ぬよりも生きていたい」という選好が充足されなかったと考えます）。

本書の立場は、こうした選好型効用で功利主義を捉えることに反対し、実際に快や不快が生じるまでは価値そのものは現れないと考えることです。

しかし、なぜ選好型効用が好まれるのかは大きな問題です。計算のために便利だからという以外にその理由を考えれば、価値を完全に主観的と見なすことへの抵抗があるからだと思われます。たとえば、（天動説のような）間違った知識に基づいてある人が快を得た場合、それを人々は「価値」だと認めたくないわけです。この点に関して、われわれは次のように反論したいと思います。

(1) まず、原因が何であれ、快という感覚質が価値であることは否定できません。

(2) 次に、間違った知識は、「間違っている」という客観的性質を持ちますが、そうした性質が価値なのか、反価値なのか、どちらでもないのかは、つきつめて考えれば、現実に快と結びつくかどうかで決まります。

(3)
確かに、間違った知識は、間違いだと分かった時に不快を生じるでしょうし、間違った知識を持ったままではさまざまな不都合を生じて不快を招くことになります。それゆえ、「われわれは間違わないよう努力すべきであって、正しい知識にのみ価値がある」という観念は、功利主義的に望ましく、進化論的にも自然選択されるといえます。

しかし、間違うことが不快に結びつくとしても、それは、前者が不快の原因の一部だということであり、間違っていても不快を招かない可能性は当然残ります。従って、間違うことと不快とは本質的に同一ではなく、価値の本質はあくまでも後者です。

また、前述のような観念を内面化した人が、「正しい知識にのみ価値がある」と主張する場合、それは、その人が何に対して快を感じ、価値を認めるかを表明しているわけです。しかし、現実に快・不快を感じず、単なる観念としての価値だけを受け入れるならば、それは、言葉の上だけの、リアリティーのない価値に成り下がっています。従って、こうした観念のもとでもやはり、真の価値の源泉は、快と不快にあるといえるでしょう。

【4】もちろん、恋をすることや世の中に役に立つことで快を得る場合もあるから、快に結びつく経験はそれこそ千差万別だ。快だけが価値だというと、何かものすごく貧困で利己的な価値観

のように思うやつもいるが、それこそ、どうしようもなく低能な誤解だということさ。（第三幕・シーンBの4）

「価値論としての功利主義」は、われわれが中立的な立場に立ち、合理的に考える限り、相応の説得力を持つと考えてよいはずです。

しかし、それはまた、プラトンの時代以来、数多くの誤解につきまとわれてきたことも事実です。たとえば、「幸福になろうとあくせくするほど余計に苦しくなる」ということを功利主義への反証と考える人もいます。しかしそれは、「あくせくする」より「足るを知った」生き方の方が快のレベルが高いという、手段の間の優劣の問題であって、「価値論としての功利主義」自体を否定するものではありません。また、快だけのなまぬるい人生など退屈で無意味だと感じる場合も、快に価値がないのではなく、なるぬるい人生がもはや快ではなくなったというだけのことです。また、かゆい所を掻くことは快感ですが、一日中掻いていなければならないとすれば、それはそれで心理的な苦痛なので、ある論者がいうように疥癬《かいせん》（皮膚病）にかかることを功利主義が推奨しているわけではありません。

【5】世界の価値を考え、別の世界と比較する場合に、問題になるのはあくまで〝全体〟だって

ことさ。つまり、世界の中にいる個々人の区別は問題じゃない。たとえば、A氏の快を高めてもB氏の快を高めても、世界全体の快の総体としては同じ結果になる。（第三幕・シーンBの6）

功利主義は、誰の、どの時点の快も、すべて平等に評価しようとする考えであり、個人の区別に執着しない点が特徴です。その意味で、「無我」や「輪廻転生」を説くことが多い東洋思想と功利主義とは親和的かもしれません。西洋哲学の主流はその逆といえますが、D・パーフィットのような例外もあります。拙著『時間幻想』第三部や『潮騒の家』は、パーフィットの議論をさらに徹底させて、個我の自己同一性が幻想（仮設）でしかないことを証明しています。

【6】つまり、快のレベルを数字で表すとしても、それはあくまで方便なんだ。実際には、せいぜい、どれがどれより高いということしかいえないわけさ。（第四幕・シーンBの1）

功利主義の「功利」utility は経済学では「効用」ですが、効用には、【3】で述べたように、さまざまな解釈があります。経済学における効用は、通常、序数であり、しかも、多くの場合、選好型効用です。また、効用を足し合わせる総和型比較が可能なのは、効用が基数で、かつ、個人間比較（他者との比較）が可能な場合に限られるといわれます。経済理論では、確率概念を使って選好型効用を基数化することもありますが（フォン・ノイマン＝モルゲンシュテルン効用）、その場合でも個人間比較は通常行われません。

本書の功利主義では、心理的効用を前提にした上で、しかし、基数化は否定し、結果的に総和型比較も否定します。ただし、効用の個人間比較に関しては、すべての快は必ず一定の水準にあり、同一人物のものであれ他人のものであれ、超越的視点から比較することは可能だと考えます（実際、過去や未来の「私」は、思い出したり予想したりはできますが、今現在体験できないという意味では「他人」と同じです）。ただし、どちらが高いか、または同一かの比較に限られ、かつ、具体的に確認する方法は、別に改めて考えなければなりません（【10】参照）。

さらにいえば、効用を、快そのものではなく、「快（満足）を生み出す能力」と定義する説も、経済学や倫理学では有力です。

【7】次に、一つの世界の中の、過去から未来に及ぶ瞬間的意識を全部同じように棒グラフで表し、高いものから順に並べる。（中略）こうして、一つの世界の快と不快の分布を連続的な絵にできるんだ。（第四幕・シーンBの1）

こうした形で世界と世界を比較するためには、一瞬一瞬の意識の持続時間（棒グラフの横幅）

が等しくなければなりません。実際、意識における最小時間を「一瞬」とすれば、それらは、最小時間であるがゆえに互いに等しいと見なすことができます。しかし、客観的には長い時間が経っていても、茫然としていたり昏睡したりしていれば、当人にとっては一瞬でしかないように、意識における最小時間（瞬間）は、物理的な意味での一定の時間と同じではありません。

こうした瞬間に関する哲学的考察は、拙著『時間幻想』第三部第二章の「二」や、『潮騒の家』の第二章でも行っています。その結果、ゼロでもなく無限小でもない時間の最小単位（時間モナド）を考えざるをえないことが結論づけられます。

【8】大事なことは、同等と比較不能では全く意味が違うってことだ。ただ、AとBのどちらを選ぶかと聞かれれば、同等の時も比較不能の時も、『どっちでもいい』と答えるしかない。（第四幕・シーンBの1）

経済学者のA・センが、(1)帰結主義、(2)厚生主義、(3)総和主義の三つを功利主義の本質だといったように、従来の功利主義の多くは、快・不快を足し合わせる総和型比較を前提にしています。本文での議論は、それを否定し、世界と世界の比較においては多くの場合、原理的な「比較不能」が生じることを明らかにしたわけです（もちろん、その場合の「世界」とは、誰の意識かを一切問わない、すべての瞬間的意識の集合です。ここでもしも、誰の意識かに執着すれば、経済学におけるパレート優位型比較となり、優劣の決まらないケースは本文の場合よりもはるかに多くなります)。

ただし、比較不能ということは、どちらか一方を選べといわれた場合にどちらを選んでもいいわけですから、総和型比較を可能だと信じる人が、それに従って一方を選んだとしても、非合理な選択とはいえません。ただ、別の選択をしたとしても、同様に非合理ではないことになります。

【9】結局、世界にしても個人にしても、瞬間的意識の数が大幅に違っていれば、互いに比較不能になる可能性は高いと思っていいだろう。(第四幕・シーンBの1)

総和型比較を前提とする従来の功利主義では、人口問題が大きな難問になっていました。つまり、一人一人の快の水準は低くても、人口を多くすれば、世界全体の快の総和はいくらでも大きくなるということです。そのため、総和ではなく、一人当たりの快の平均値で世界を比較すべきだという意見もあります。

本文中での武瑠の説はこの問題に明確な答えを与え、人口が大幅に違う世界どうしは、ほとんどの場合、「比較不能」になることを証明したわけです(つまり、「分からない」とか「答えが決まらない」のではなく、比較がありえないという形で答えは一つに確定しているということです）。

一方、平均値比較に関していえば、快を数値的に集計できない以上、平均を出すこと自体不可能ですし、また、快が「高・中・低」である世界と「中・中・中」である世界とは比較不能な別世界ですから、平均を取ること自体意味がないといわざるをえません。

ちなみに、ここで触れた比較不能以外にも、世界が比較不能であるといえる根拠があります。たとえば、本文でも述べたように、世界が運命的なただ一つの現実であるとすれば、世界と世界の比較はそもそも無意味です（いわゆる「可能世界」も、そうした観点からすれば、単なる空想の産物か、論者自身の「無知の表明」でしかありません）。

さらにいえば、拙著『時間幻想』第三部や『潮騒の家』では、すべての現象が、いずれも無限回生起する「永劫回帰の世界」というものを考えました。詳細は省略しますが、われわれの世界がもしもその通りのものであれば、瞬間的意識の数は一切問題にならず、単に、最も高水準の快を含む世界が価値的に優位となります（逆に、最も高水準の不快を含む世界が価値的に劣位となります）。そうした場合、「個々人の生」もまた、始めと終わりのある有限な存在ではなくなります。

【10】もちろん、今、説明したような話は、いわば全知全能の神の視点で原理原則をいっただけだ。

本当に世界と世界を比べようと思えば、世界中の快と不快を具体的に調べないといけない。（第四幕・シーンBの1）

価値論としての功利主義は、宇宙の全時空におけるすべての瞬間的意識を踏まえて「世界」の価値を定義します。しかし、いうまでもなく、それらを実際に検証することはできません。検証可能な範囲に「世界」を限定した場合の功利主義を、実証的功利主義と呼んでおきましょう。もちろん、どの範囲まで検証可能かは、一義的には決めかねます（また、過去や遠い未来は無視し、予測しやすい近未来の「可能性」だけを比較することも、実証的功利主義における「世界と世界の比較」の一例です）。

ともあれ、功利主義が実証的であるためには、人々の快のレベルが、多かれ少なかれ推測可能でなければなりません。自分自身の過去や未来の快は、記憶や予測によって推測できます。経済学でいう選好も、そうした記憶や予測の上に成り立っていますが、それらを信じることは、「世界」を考える以上、当然の前提です。また、他者の快を推測することも、（他者の意識が実在することや、コミュニケーションが可能であることと同様）われわれが「世界」を考える場合には当然の前提です。具体的にいえば、他者に対して、今どの程度の快（または不快）を感じているかを尋ねることができればよいわけです。それは、すべての人間にとっての「最高の快」と「最高の不快」とが同質であると仮定し、任意の快を「最高水準の半分」とか「最高水準の三分の一」という形で申告させることによって可能になります（しかし、こうした表現は、快の数値〔基数〕化につながり、本来認めることのできない総和型比較をもっともらしく感じさせる原因の一つでもあります）。

もちろん、世の中には、直接言葉で意思疎通できる同時代の人間もいれば、記録から推測せざるをえない過去の人間や、言葉の通じない動植物も存在します。こうしたコミュニケーションの難しい相手を無視することは、実証的功利主義のやむをえない制約です。

しかも、いうまでもなく、他者の意識内容を直接知ることは不可能です。それゆえ、どんな場合でも、〝今ここ〟の自分の意識以外は、いくらでも疑うことができます。実際、赤色と緑色が逆に見える視覚を、ある人が生まれつき持っていたとしても、その人は赤色を「みどり」、緑色を「あか」として言葉を覚えるため、会話の中で他人が気づくことはありえません。こうした点を、功利主義の重大な難点と考える論者もいます。

しかし、「他者の意識内容を直接知りえない」という批判は、あらゆる世界認識に必ずつきまとう問題であり、功利主義への批判としてのみ取り上げるのは不公平です。実際、われわれは、そうした懐疑論に必ずしも拘泥せず、外界に関するさまざまな「仮定」を無意識のうちに導入して、日常的世界や科学的世界を起ち上げています。そうした「世界」を認めるならば、実証的功利主義も同様に認めるべきでしょう。逆に、それを拒否するならば、われわれの日常的世界も科学的世界もことごとく疑問視しなければなりません。ただ、その場合でも、人間の意識に関する最低限度の了解さえあれば、A（価値の本質論としての功利主義）は成立し、B（世界と世界の比較基準としての功利主義）も、具体的な実測を伴わない原理論として成立します。こうした点にも、功利主義の普遍性が現れているといえます。

以上が、価値とは何かに答える「価値論としての功利主義」です。しかし、功利主義には、ベンタムの時代以来、これとは異なる二種類の功利主義が存在しました。次は、そうした二種類の功利主義、すなわち、「行動動機としての功利主義」と「社会規範としての功利主義」について、簡単に触れておきます。

2

「行動動機としての功利主義」は、「予想される自己の快を極大化させる方向に、個人の意志は生じやすい」という法則的事実を主張するものです。目標は自分自身の快の総体であって、世界全体の快ではありません。また、人々の間の大雑把な心理的事実を述べるだけなので、功利主義の厳密な内容については（総和型比較を認めるのか、快を選好に置き換えていいのか、検証可能な世界はどの範囲かなど）、すべて不問にしておきます。

問題は、こうした法則的事実が実際に成り立っているかどうかです。

まず、短期的・情動的なレベルでは、われわれの行動が「行動動機としての功利主義」に合致していることは明らかです。一定の状況判断に「快・不快」の予測が伴うことで首尾一貫した行動が導かれることは、人間の脳科学的なメカニズムから解明されています。それゆえ、環境に対する客観的な認識能力があっても、「快・不快」の感受性が失われれば合理的な行動を取ることはできません（ソマティック・マーカー仮説）。

しかし、それは、長期的な予測が目的合理的に行われていることを必ずしも意味しません。果たしてわれわれの意志（欲求）は、経済学でいう「合理的経済人」のように、快の長期的な最大化に向けて熟慮した結果なのでしょうか。その点を疑わせる根拠は、次のようにいくつも挙げられます。

(1) 最終的に快が得られるにせよ、得られないにせよ、快を自覚的に求めることなく行動することは少なくありません（内面化した規範意識や条件反射の結果として「快・不快」にかかわりなく行動することと、与えられた厳しい制約条件のもとで、それなりに快を追求して行動することとは、しばしば区別が困難です）。

(2) 仮に快を求めて合理的に行動したつもりでも、われわれの情報や判断能力には限界があります。周囲の状況やわれわれの快の感じ方もどんどん変化し、われわれ自身の寿命も不確実です。そうした制約は、当然のことながら、対象が遠い未来になればなるほど深刻になるといえます。

(3) 快の予測に比例して、それに対する欲求が生じるとも限りません。将来の大きな快が予想されていても、それが遠い未来にあったり、苦痛を経なければ到達できないような場合には、それに対する欲求は阻害されます（時間選好説）。また、「幸福な豚よりも悩めるソクラテスに生まれ変わる」ことを多くの人々が選好するように、どれだけ不幸な（あるいは幸福な）人生を送るかをほとんど考慮することなく、自分自身の人生を選ぶことも少なくありません。

このように考えれば、「行動動機としての功利主義」には、かなりの限定を付けなければならないことが分かります。

一方、「行動動機としての功利主義」には、次のような変種もあります。それは、意図的な快の追求ではないが、長い進化の結果として、快が増進または保持されているというケースです（これは、「結果論としての功利主義」と呼んでおきましょう）。

たとえば、われわれの行動は、さまざまな要因によって制約されますが、そうした要因の中でも、個々人を超えて存続する代表的な要因が、(a)生物学的な遺伝情報と、(b)文化（すなわち、学習によって伝達される行動と思考のパターン）です。そして、両者は、長期的に次のような基準で選択（淘汰）されてゆくと考えられます。

A　それらを保持する人間の生存可能性の違いによる選択。
B　著しい苦痛を回避しうる方向への選択（ただし、原則として「文化」のみ）。

Bに注目すれば、それは、「結果論としての功利主義」の部分的な現れといえます。

3

「社会規範としての功利主義」とは、「快の社会的総体を増大させるように、すべての人間は行動すべきである」という規範（義務）を意味します。

規範は個々の人間が抱く意識の内容であり、その中の一つのタイプが「社会規範としての功利主義」です。しかし、社会の中のすべての個人がこうした規範を現に共有しているとはいえません。また、実際に人々が抱く「社会規範としての功利主義」は、あいまいかつ多義的であり、「総和型比較を認めるのか、快を選好に置き換えていいのか、検証可能な世界はどの範囲か」など、細かく詮索すれば夥《おびただ》しいヴァリエーションを持っています。

いずれにせよ、こうした規範が一つの社会で広く共有される可能性が低いのは、次のような理由に因ります。

(1) 個々人は、快の社会的総体よりも自分自身の利益を優先し、多くの場合、中立的でも理性的でもありません。

(2) 一つの社会の規範意識や価値観の選択は、その時々の時代状況、伝統、環境、偶然などに左右されます。

(3)「社会規範としての功利主義」は、実践の指針として余りにも普遍主義的であり、漠然とし過ぎているのが難点です。従って、より具体性があり、感情に訴えやすいイデオロギーに隠れてしまいがちです（もっとも、政治に関するタテマエ論としては、「社会規範としての功利主義」も陽の目を見ることが少なくありません。そうした議論は、「統治規範としての功利主義」と呼ぶことができます）。

次の問題は、「価値論としての功利主義」から「社会規範としての功利主義」が導けるかどうかです。功利主義の多様なタイプは一つに限定され、かつ、われわれは中立的かつ合理的に物事を判断しうると仮定した上で、前者から後者が導かれるのであれば、「社会規範としての功利主義」は哲学的に根拠づけられたといえます。しかし、そのためには、次のような二つの視点から考察しなければなりません。

(1)〈帰結的正当化〉

「社会規範としての功利主義」を人々が受け入れることで、それ以外の規範を受け入れた場合よりも、社会全体の快が増大し、「価値論としての功利主義」の示す価値が高まるとします。そうした場合、「社会規範としての功利主義」は「価値論としての功利主義」から帰結的に導かれたと断定できます。問題は、「社会規範としての功利主義」を受け入れることが、本当にそういう効果を生むのかどうかです。

確かに、人々が全体の快を常に増進しようとすれば、利己的な衝突は減り、住みよい社会が実現できるかもしれません。しかし、個々人の生活において、利己的な自己保存欲求や「身内びいき」が厳存することも生物としては当然であり、そうした本性があるからこそ、社会全体が進歩するともいえます。それゆえ、「社会規範としての功利主義」を受け入れることが、それだけで全体の快を増進するとは限らず、むしろ、阻害してしまう可能性すらあります。

そこで、「社会規範としての功利主義」は、快の総体を拡大するため、一見非功利主義的な別の規範を補助的に取り込まなければなりません。しかし、それがどんな規範なのかを精確に判断することは難しく、また、そうした規範を（「社会規範としての功利主義」を保持したままで）心理的に受容できるかどうかも不明です。しかし、そうしたことがすべて可能だと仮定すれば、「社会規範としての功利主義」は「価値論としての功利主義」から帰結的に導かれ、正当化できると考えられます。

(2)〈心理的正当化〉

中立的かつ合理的な観察者が「価値論としての功利主義」を哲学的に理解した時に、その意識の中で、「社会規範としての功利主義」を受け入れる可能性が高まるとします。そうした場合、「社会規範としての功利主義」は「価値論としての功利主義」から心理的に導かれたと見なすことができます。

しかし、「価値論としての功利主義」は、一定の事実判断と価値観念の結合体であり、それを受け入れることが、特定の欲求や規範意識を発生させる必然性はありません。まして、世界全体の快の総体は、誰にとっても直接経験することのできない抽象的な価値であって、個々人の欲求や規範意識に直結しないのは当然です。

しかし、「社会規範としての功利主義」がたまたま発生した場合に、「価値論としての功利主義」はそれを安定させ、それと矛盾する規範を動揺させる因果的効果を持ちます。なぜなら、「社会規範としての功利主義」を受容した人は、社会全体の快の増大を価値と考え（そうでなければ、規範は安定して維持できません）、そうした価値観が「価値論としての功利主義」によって補強されるからです。このように、決して必然ではありませんが、「社会規範としての功利主義」は「価値論としての功利主義」から心理的に導かれ、それゆえ、正当化できると考えられます。

⑴と⑵の結果、「社会規範としての功利主義」を「価値論としての功利主義」から導き出し、それによって前者を正当化することは、一定の条件つきで認めることができます。

最後に、功利主義に対する古くからある批判、すなわち、「功利主義が全体のために個人を犠牲にし、自由・平等・人権などの個人の権利と矛盾するように思われる」という問題を考えます。

しかし、これには、次のような反論が直ちに可能です。

(a) 自由・平等・人権などの権利を一種の社会規範と考えれば、これらに抵触する可能性があるのは「社会規範としての功利主義」であって、「価値論としての功利主義」ではありません。しかも、「価値論としての功利主義」は、「社会規範としての功利主義」を帰結的に正当化するとは限らず、別の規範を正当化する場合もあります。その意味でも、「価値論としての功利主義」が、こうした権利と矛盾する必然性はありません。

(b) 全体のために一部の者に極端な犠牲を強いる世界は、そうではない世界に比べて「比較不能」になる可能性が高いといえます。その場合、功利主義は前者を積極的に求めず、各人が自己の好悪(あるいは正義感情)に従い自由に行為することを許容します。

(c) 一定の安定したルールが存在することは、われわれが安心して生活するための必要条件です。それゆえ、「社会規範としての功利主義」は、快の社会的総体を拡大するために、さまざまなルールを補助的に導入します。だとすれば、そうしたルールが、自由・平等・人権などと全く矛盾するとは考えられません。自由や平等を無視し、その場限りの短期的な視点で個人を安易に犠牲にするような恐怖に満ちたルールが、功利主義的に選ばれるとは考えられないからです(こうした「ルールの選択」は、「ルール功利主義」と呼ばれます)。

(d) 個々の権利は他の権利と衝突することが多く、文字通り貫徹される例は少ないといえます。衝突したままでは、権利といえども、社会規範としての効力を事実上すでに失っています。一方、「価値論としての功利主義」は、それなりの哲学的根拠を有し、そこから（条件つきで）導かれる「社会規範としての功利主義」にも、相応の正当性があります。

従って、権利が衝突する状況下でそれらを調整するものは、（「利益考量論」などの形で導入される）「社会規範としての功利主義」に他なりません。また、権利を根拠づけたり（「二重の基準論」のように）差別化したりする際の根拠も、つきつめて考えれば、「社会規範としての功利主義」です。

従って、個人の権利は、「社会規範としての功利主義」の手段的な下位規範であり、権利を根拠にして功利主義自体を批判することは本末転倒といわなければなりません。

〔参照文献〕

青山拓央　分析哲学入門　筑摩書房　二〇一二年
安藤　馨　統治と功利　勁草書房　二〇〇七年
石川幹人　だまされ上手が生き残る　光文社　二〇一〇年
伊勢田哲治他・編　生命倫理と功利主義　ナカニシヤ出版　二〇〇六年
依田高典　行動経済学　中央公論新社　二〇一〇年
一ノ瀬正樹　功利主義と分析哲学　放送大学教育振興会　二〇一〇年
伊藤　泰　ゲーム理論と法哲学　成文堂　二〇一二年
太田雅子　心のありか　勁草書房　二〇一〇年
岡本裕一朗　異議あり！　生命・環境倫理学　ナカニシヤ出版　二〇〇九年
奥野満里子　シジウィックと現代功利主義　勁草書房　一九九九年
加藤尚武　現代倫理学入門　講談社　一九九七年
金杉武司　心の哲学入門　勁草書房　二〇〇七年
川名雄一郎他・訳　J・S・ミル：功利主義論集　京都大学学術出版会　二〇一〇年
児玉　聡　功利と直観　勁草書房　二〇一〇年

児玉　聡　功利主義入門　筑摩書房　二〇一二年
斎藤　環　関係する女・所有する男　講談社　二〇〇九年
佐藤岳詩　R・M・ヘアの道徳哲学　勁草書房　二〇一二年
重久俊夫　夢幻・功利主義・情報進化　中央公論事業出版　二〇〇四年
重久俊夫　時間幻想　中央公論事業出版　二〇〇九年
重久俊夫　潮騒の家　明窓出版　二〇一二年
重久俊夫　メタ憲法学　中央公論事業出版　二〇一三年
清水幾太郎　倫理学ノート　講談社　二〇〇〇年
スコフィールド、Ph　ベンサム：功利主義入門　慶應義塾大学出版会　二〇一三年
内藤　淳　進化倫理学入門　光文社　二〇〇九年
長滝祥司他・編　感情とクオリアの謎　昭和堂　二〇〇八年
日本法哲学会編　功利主義と法理論　有斐閣　一九八七年
日本法哲学会編　功利主義ルネサンス　有斐閣　二〇一一年
ハート、H・L・A　権利・功利・自由　木鐸社　一九八七年
パーフィット、D　理由と人格　勁草書房　一九九八年
長谷川真理子　オスとメス＝性の不思議　講談社　一九九三年

ピーズ、A&B　嘘つき男と泣き虫女　主婦の友社　二〇〇三年
平尾　透　功利性原理　法律文化社　一九九二年
フィッシャー、H　結婚の起源　どうぶつ社　一九八三年
深田三徳　法実証主義と功利主義　木鐸社　一九八四年
松嶋敦茂　功利主義は生き残るか　勁草書房　二〇〇五年
山下重一編著　近代イギリス政治思想史　木鐸社　一九八八年
渡辺恒夫　〈私の死〉の謎　ナカニシヤ出版　二〇〇二年
渡辺恒夫他・編　〈私〉という謎　新曜社　二〇〇四年
渡辺恒夫　自我体験と独我論的体験　北大路書房　二〇〇九年
渡辺恒夫　フッサール心理学宣言　講談社　二〇一三年

◎ 著者プロフィール ◎
重久俊夫（しげひさ　としお）

1960 年　福井県福井市生まれ
東京大学文学部（西洋史学）卒業
兵庫県在住
研究分野　　哲学・比較思想史
人文死生学研究会（世話人）

著　書
『夢幻論　～永遠と無常の哲学～』（2002 年）
『夢幻・功利主義・情報進化』（2004 年）
『世界史解読　～一つの進化論的考察～』（2007 年）
『時間幻想　～西田哲学からの出発～』（2009 年）
『メタ憲法学　～根拠としての進化論と功利主義～』（2013 年）
いずれも中央公論事業出版
『潮騒の家～マヤと二人のニルヴァーナ～』（2012 年）明窓出版

論　文
「近代化理論のフレームワークと現代ギリシア」（1987 年）
「『心の哲学』と西田哲学」（2010 年）
「西田哲学における『主体性』理解」（2011 年）
「後期西田哲学の国家観」（2013 年）

エデンの浜辺《はまべ》

楽園《らくえん》の恋《こい》と狂《くる》った果実《かじつ》

重久《しげひさ》俊夫《としお》

明窓出版

平成二六年二月二十日初刷発行

発行者 ―― 増本　利博

発行所 ―― 明窓出版株式会社

〒一六四―〇〇一二

東京都中野区本町六―二七―一三

電話　（〇三）三三八〇―八三〇三

ＦＡＸ（〇三）三三八〇―六四二四

振替　〇〇一六〇―一―一九二七六六

印刷所 ―― シナノ印刷株式会社

落丁・乱丁はお取り替えいたします。

定価はカバーに表示してあります。

ホームページ http://meisou.com

ISBN978-4-89634-342-7

単細胞的思考

上野霄里

渉猟されつくした知識世界に息を呑む。見慣れたはずの人生が、神秘の色で、初めて見る姿で紙面に躍る不思議な本。ヘンリー・ミラーとの往復書簡が400回を超える著者が贈る、劇薬にも似た書

ヘンリー・ミラーを始めとする世界中の知識人たちと親交し、現在も著作活動を続けている思想家、上野霄里。本書は1969年に出版、圧倒的な支持を受けたが、その後長らく入手困難になっていたものを新たに復刊した、上野霄里の金字塔である。本書に著される上野霄里の思想の核心は「原初へ立ち返れ」ということである。現代文明はあらゆるものがねじ曲げられ、歪んでしまっている。それを正すため、万葉の昔、文明以前、そして生物発生以前の、あらゆるものが創造的で行動的だった頃へ戻れ、と、上野霄里は強く説く。本書はその思想に基づいて、現代文明のあらゆる事象を批評したものである。上野霄里の博学は恐るべきものであり、自然科学から人文科学、ハイカルチャーからサブカルチャー、古代から現代に至るまで、洋の東西を問わず自由自在に「今」を斬って見せる。その鋭さ、明快さは、読者自身も斬られているにも関わらず、一種爽快なほどで、まったく古さを感じさせない。700ページを超すこの大著に、是非挑戦してみていただきたい。きっと何かそれぞれに得るところがあるはずである。

定価3780円